APRÈS LA CHUTE

HORS-SÉRIE

ISBN : 978-2-74-853012-4

Loi n° 49-956 du 16 juillet 1949
sur les publications destinées à la jeunesse,
modifiée par la loi n° 2011-525 du 17 mai 2011.

Mise en pages : DV Arts Graphiques à La Rochelle
Dépôt légal : septembre 2021

Marie Leymarie

Après la chute

SYROS

Question de Carole Micheli, ancienne championne, aux parents de gymnastes :
« Serez-vous prêt à la soutenir quand sa carrière sera finie et qu'elle ne sera, à vos yeux, plus qu'une fille ordinaire ? »

1

— Arrêt complet, tranche le médecin.

– Complet ? interroge sa mère, gagnée par une panique diffuse. Mais pour combien de temps ?

L’homme secoue lentement la tête, une moue dubitative aux lèvres.

– Je ne peux pas vous dire pour l’instant, mais deux mois au moins.

Un énorme nœud noue la gorge de Lilou. Sa mère écarquille les yeux.

– Vous ne vous rendez pas compte, proteste-t-elle, elle ne pourra pas faire les JO, c’est son rêve depuis qu’elle est toute petite !

– Madame, je suis désolé, mais je n'y peux rien. Ce n'est pas juste sa chute, c'est son état général qui m'inquiète… Elle est épuisée, votre fille. Je me demande comment elle arrive encore à tenir debout !

– Mais si elle se repose… insiste sa mère.

– Il faut savoir ce que vous voulez, l'interrompt-il sans ménagement. Si vous voulez une fille ou si vous la voulez morte !

Là, sa mère ne dit plus rien.

Lilou, elle, a l'impression d'être déjà morte. Elle pense que c'est lui, par ses mots, qui l'a tuée.

La mère et la fille sortent du cabinet médical, elles ne se regardent pas. Elles n'osent pas.

C'est juste au moment de monter en voiture que la mère pose la main sur le bras de sa fille.

– Ma chérie…

Lilou dégage son bras d'un geste brusque. La mère baisse pudiquement les yeux sur l'asphalte.

Lilou monte dans le taxi.

Elle regarde par la vitre. Tout lui paraît absurde. Les gens continuent à aller s'acheter des lunettes chez l'opticien, à faire la queue à la boulangerie, à attendre que le feu soit vert.

Elle passe machinalement la main sur sa joue, comme s'il y avait des larmes à essuyer, mais sa peau est sèche.

Il n'y a pas de larmes possibles quand on vient d'être éjectée hors de sa vie.

2

Une petite silhouette fine, enfantine, avec des couettes, enchaînait sur l'écran les tours et les saltos. Ses gestes étaient d'une précision extrême, d'une sûreté magique.

À l'école, on nous disait que dix, c'était la perfection, que c'était réservé à Dieu, commentait la voix du présentateur sur cette vidéo qui datait de 1976. *Neuf, c'était pour le maître. Le meilleur élève pouvait espérer avoir huit. Nadia Comaneci, elle, a eu dix...*

– Elle reste pour moi la plus grande gymnaste de tous les temps, avait déclaré son père.

– Elle est complètement dépassée, pourtant ! s'était étonnée sa mère. N'importe quelle gymnaste en pôle a un niveau plus élevé qu'elle...

– Peut-être, mais elle avait autre chose. Elle avait la grâce.

Cet échange entre son père et sa mère, Lilou l'a entendu quand elle avait six ou sept ans.

Depuis, de tout son corps, de tout son être, elle s'efforce.

D'avoir la grâce.

Pour entendre résonner l'admiration qu'elle a perçue dans la voix de son père, pour le rendre fier au-delà de tout ce qu'elle a jamais imaginé.

Décrocher l'or olympique, elle pense que c'est un rêve hors de sa portée. Mais avoir la grâce, peut-être, oui, peut-être qu'en travaillant de toutes ses forces, elle y arrivera.

Dans la grande salle du gymnase Saint-Blaise, à Nice, on n'entend que la voix métallique de Kate qui scande les secondes sans reprendre son souffle. On dirait qu'elle est furieuse. Contre quoi, contre qui, personne ne pourrait le dire.

Les sept filles allongées sur le dos en cercle, en position de gainage, ne disent mot. Elles fixent leurs pointes de pied tendues, comme est tendu leur corps, comme est tendue leur volonté.

– ... quarante.

La voix s'arrête, les corps se relâchent. Le soulagement défroisse les visages, des regards se croisent, des sourires affleurent. Margaux se replie sur elle-même, les bras serrés sur son ventre meurtri.

– On recommence, décide Kate.

– Encore ? gémit Margaux.

– Oui, encore, s'agace l'entraîneuse. Vous croyez quoi ? Que vous êtes sur la plage ?

– Ça risque pas, chuchote Julia, la sœur de Lilou et la plus chahuteuse du groupe.

De petits rires lui répondent. Margaux cherche le regard complice de Lilou, mais comme souvent, le regard de Lilou n'exprime rien. Elle est en retrait, ailleurs. Concentrée.

Les filles reprennent leur position, contractent leur corps, affrontent la douleur. Elles ont choisi d'être là. Pourquoi se plaindraient-elles ? Elles sont heureuses.

C'est ce qui reste à Lilou de son enfance, des souvenirs de séances d'entraînement. Tous les soirs après l'étude, les devoirs faits, son père les emmenait au gymnase, sa sœur et elle.

C'était pour elle le meilleur moment de la journée.

Julia, sa sœur, était meilleure qu'elle. Normal, avec deux ans de plus. Lilou a commencé à vouloir l'imiter quand elle avait quatre ans. C'était une fin d'après-midi, la compétition était finie, les entraîneurs discutaient avec les parents et les gamines couraient dans tous les sens.

Elle faisait des galipettes sur les tapis de mousse avec les plus grandes, les copines de Julia – des demi-déesses en justaucorps fuchsia.

– Dites donc, elle est dégourdie, la petite ! s'était exclamée Kate.

Et elle s'était tournée vers sa mère.

– Pourquoi vous nous l'amenez pas aussi ?

– Elle n'est pas trop jeune ?

Kate avait ri.

– On n'est jamais trop jeune...

Lilou, elle, sautait sur place de joie.

– Oh oui, oh oui, oh oui !

Sa mère avait ri aussi. Et dans la voiture, Lilou avait insisté :

– Tu vas m'inscrire à la gym ?

– On va voir... avait commencé la mère, hésitante.

– Bien sûr, avait dit le père. C'est quoi, le problème ?

Julia avait froncé les sourcils, et tourné son joli visage vers la vitre.

Lilou se demanderait, plus tard, si ce n'était pas là, à ce moment-là, qu'avait commencé cette fichue rivalité qui finirait par torpiller leur relation.

Oui, là, dans la vieille AX familiale qui les ramenait chez elles, ce samedi soir de juin. Julia avait une médaille autour du cou (les petites en recevaient toutes, mais à l'époque Lilou ne le savait pas – elle admirait tellement sa sœur, c'était une Reine).

Leur père était d'humeur joyeuse. Il avait fait un détour par la côte, pour voir la mer, et ils avaient mangé des frites assis sur la plage, tous les quatre.

Clara n'était pas encore née. La vie était légère. Les filles avaient fait des roues sur le sable.

– Pas comme ça ! lui criait Julia de sa voix pointue. Comme ça !

Et elle faisait une roue parfaite, jambes tendues, pointes tirées, bassin bien droit. « Elle a des qualités, c'est clair », disait Kate.

Lilou tentait de l'imiter. Elle adorait la sensation quand elle avait la tête en bas, elle avait l'impression de voler.

C'est peut-être pour ça, au fond, qu'elle a tant aimé la gym. Pour le bonheur de voler.

Ou peut-être pour retrouver l'insouciance de cette soirée de juin, où son père l'encourageait.

– Pose tes mains bien alignées, Lil', regarde, une... après l'autre...

Et il avait tracé sur le sable mouillé un trait pour l'aider. Elle sentait qu'il était fier. Déjà.

Déjà, il s'intéressait plus à elle qu'à Julia.

À moins que ses souvenirs ne la trompent et que ce soir-là de juin, leur père était fier d'elles à égalité, fier de ses deux petites diablesses turbulentes et agiles, de sa blonde et de sa brune.

Personne ne savait que, dans le ventre de la mère, Clara avait déjà posé ses pénates.

Il n'y aurait plus jamais de soirées de juin sur la plage.

3

Lilou en est sûre, c'est la gym qui lui a permis de survivre à Clara.

À ses cris, ses pleurs, ses crises, ses nuits blanches.

Dans le gymnase, la vie était comme protégée. Il y avait Kate, son visage rond, sa queue-de-cheval, sa voix qui commande, son regard qui voit tout.

Kate avait une trentaine d'années, pas d'enfant. Elle était là, tous les soirs, debout près de la poutre ou des barres asymétriques. Elle les attendait. Pour elle aussi, c'était le meilleur moment de la journée, même si elle ne le montrait pas – c'est bien connu, ce n'est pas avec des câlins qu'on obtient le meilleur. Mais ce genre de choses, les enfants le sentent sans qu'il y ait besoin de mots.

Après la naissance de Clara, Julia était devenue plus que turbulente, vraiment agitée.

Lilou, au contraire, plus calme. Elle gardait les émotions à l'intérieur.

Elle essayait avant tout de plaire aux adultes qui l'entouraient. Aux adultes qui pouvaient lui donner l'attention et l'amour qui manquaient à la maison.

Parce que Clara dévorait tout.

Elle n'avait jamais été le bébé-bonheur que toute la famille attendait. Dès le retour de l'hôpital, incapable de dormir plus d'une demi-heure d'affilée, nuit comprise, elle avait transformé leur quotidien en enfer tonitruant.

Leurs parents s'étaient transformés en zombies. Ils étaient rongés par l'inquiétude, par la culpabilité, à bout de force.

Quand sa mère disait : « S'il vous plaît, arrêtez de sauter, je n'en peux plus », Julia n'arrivait pas à s'arrêter. Sa mère explosait, criait, parfois l'attrapait par les épaules et la secouait.

Lilou, elle, s'arrêtait. Dès qu'elle sentait que sa mère vacillait, elle se calmait, se retranchait à l'intérieur d'elle-même.

Mais au gymnase, on pouvait courir, sauter, bondir, s'élancer et même voler.

Kate criait parfois, mais ce n'était pas du tout la même chose. C'était des cris qui ne faisaient pas peur, parce que c'était des cris contrôlés, volontaires.

– C'est quoi, ça ? Ça ressemble à rien du tout ! Allez, hop, tu remontes !

Ou encore :

– Tends tes pointes, combien de fois il faut que je te le dise ?

Kate, jamais, n'explosait ni ne pleurait. Et elle les adorait, ces deux sœurs, si vives, si douées.

Deux petits feux follets.

Elle savait jouer habilement de leur rivalité enfantine.

– T'as vu, Lilou, Julia a fait cinq pompes de plus que toi...

Alors Lilou serrait les dents, elle avait tellement envie d'impressionner Kate !

Tellement envie d'égaler sa sœur – et, plus que tout, que Julia la considère comme une égale (elle ne savait pas, alors, que c'était peine perdue. Que plus elle essayerait, plus Julia s'éloignerait).

– T'as vu, Julia, Lilou, elle, elle remonte tout de suite quand elle tombe...

Alors Julia remontait sur la poutre.

Mais ce n'était pas grave, parce qu'à cette époque, les deux sœurs s'entendaient encore bien, malgré tout.

Lilou s'en souvient, elles adoraient faire des courses sur les mains. Julia gagnait toujours.

Normal, avec deux ans de plus.

4

Lilou pose son sac par terre, près de la porte. Dans la petite chambre, un des deux lits jumeaux est parfaitement fait, la couette tirée, l'oreiller bleu sans creux. Personne n'a dormi dedans la nuit dernière, ni celle d'avant. Julia ne vit plus à la maison, elle est partie vivre chez son copain.

Ça fait longtemps que Clara dort la nuit, Dieu merci, même si Clara reste Clara, une enfant atteinte d'autisme, et que la vie n'a jamais retrouvé la même légèreté.

Lilou s'allonge sur son lit. La douleur est là, comme tous les jours, dans le talon, et ça remonte dans le mollet, comme un fil rouge. Elle regarde le plafond et ne bouge plus. Elle a seize ans et sa vie s'est arrêtée.

Ce n'est pas la première fois qu'elle tombe et se blesse, bien sûr. Mais deux mois d'arrêt total, à quatre mois des JO, c'est un coup fatal porté à sa carrière.

Parce qu'à seize ans, en gym, on est presque vieille. Certes, des filles de vingt ans aux JO, ça existe, mais encore faut-il que votre corps soit d'accord...

C'est justement ce qu'elle ne comprend pas. Comment son corps peut-il la trahir à ce point ?

On frappe quelques coups discrets à la porte. Sa mère passe la tête sans attendre de réponse.

– Tu viens manger ?

Lilou hoche la tête.

– J'arrive.

La porte se referme. Lilou fixe le plafond. Il va falloir se lever et aller à table. Il va falloir s'asseoir face à ses parents, aussi assommés qu'elle. Il va falloir parler avec Clara comme si de rien n'était. Comme si la vie continuait.

Au bout de dix minutes, la porte se rouvre.

– Lilou, insiste sa mère, anxieuse cette fois, pas loin d'être excédée. Qu'est-ce que tu fais ? On t'attend !

Lilou se sent coupable. Elle redresse son corps devenu inutile.

Par certains côtés, elle n'arrive pas vraiment à y croire. Le médecin s'est trompé.

Les médecins de ville sont toujours trop frileux. C'est ce qu'elle a appris, au fil des années, au fil des blessures. Ils sous-estiment toujours la faculté des athlètes à récupérer. Mais leur mère est attachée à ce médecin-là parce qu'il les connaît depuis qu'elles sont toutes petites. Ça la rassure.

Jusque-là, Lilou l'aimait bien. Il était calme, attentif. Quand il lui posait des questions, même à cinq ou six ans, il l'écoutait d'une manière spéciale, qui lui donnait l'impression d'être une grande. Mais ce soir-là, elle le déteste. Elle se dit qu'il ne comprend rien, ni à elle, ni à son corps, ni à la gym. Son métier, pense-t-elle, c'est de faire tout ce qu'il peut pour l'aider à remonter en selle. Pas de lui tirer sur la jambe pour la faire tomber dans la poussière.

D'accord, elle a une talonnade. Mais ce n'est pas grave, ça. Elle a fait une chute aux barres, son talon a pris un choc, mais il va se remettre. Une ou deux semaines de repos, dit le site Internet qu'elle s'est dépêchée de consulter en rentrant. Un mois pour les plus graves.

Sauf que ce n'est pas une simple talonnade. En réalité, ça fait déjà deux mois qu'elle a mal et qu'elle redoute une tendinite au tendon d'Achille. Deux mois qu'elle souffre sans oser en parler, parce qu'elle a tellement peur d'être arrêtée, si près des Jeux. Elle l'a bien compris, qu'elle n'a pas le droit à la fragilité. Quand Philippe, son entraîneur, l'a vue attraper sa cheville en grimaçant, il lui a lancé :

– C'est quoi, cette tête ? T'es pas contente ?

– C'est pas ça... j'ai un peu mal...

– Où ?... Là ? C'est rien, ça, c'est même pas gonflé ! Ça va passer !

Elle a reçu le message et a continué. Elle essayait d'atterrir surtout sur le pied gauche, elle se répétait que ça allait passer, que c'était rien, « c'est rien, ça va passer », tous les soirs, dix fois, cent fois par entraînement. Elle portait une chevillière, autour d'elle tout le monde portait un truc ou un autre, qui une genouillère, qui un bandage au poignet.

Pas une seule fille n'était intacte.

Dans la cuisine, ils ont commencé à manger sans elle. De la purée et du jambon – et de la purée seule pour Clara, qui ne supporte pas de manger deux aliments de couleur différente.

Elle s'assoit.

Sa mère la sert.

L'atmosphère est inhabituellement silencieuse.

– Faudrait peut-être voir un autre médecin, suggère son père.

Sa mère avale une gorgée d'eau, ce qui lui épargne de répondre. Il se tourne vers Lilou.

– Qu'est-ce que t'en penses, Lil' ? demande-t-il, légèrement anxieux.

– Je pense que oui, dit-elle, soulagée.

– Il ne se rend pas compte ce que c'est, de l'arrêter maintenant, juste avant les Jeux. Il y a sûrement une autre solution...

– Il a dit que ce n'était pas que le talon, qu'elle était épuisée et qu'elle avait vraiment besoin de repos... dit sa mère d'une voix hésitante.

– Du repos... Elle aura le temps plus tard, pour le repos ! Non ?

Il se tourne à nouveau vers Lilou. Elle acquiesce.

– Mais tu penses à qui ? s'enquiert sa mère.

– Un spécialiste du haut niveau. Ça fait des années que je dis qu'elle a besoin d'un vrai suivi. De quelqu'un qui *sait de quoi il parle*.

Le visage de sa mère se teinte de tristesse.

– Je ne sais pas, soupire-t-elle. Peut-être.

– De toute façon, ajoute son père, ça ne peut pas faire de mal d'avoir un autre avis !

La tête sur l'oreiller, Lilou regarde la nuit par la fenêtre, l'ombre longiligne et courbe du lampadaire, et le halo blanchâtre, nébuleux, trouble, qui repousse l'obscurité jusqu'au trottoir d'en face. Elle se revoit en train de courir sur le praticable, muscles tendus, concentrée, elle enchaîne, rondade, flip, et elle pousse, elle s'envole. Advient alors ce moment magique qu'elle adore, où ce qui se passe est si intense et si rapide que la tête ne comprend rien, mais le corps, lui, sait. Il sait tout. Les muscles qu'il faut raidir pour accélérer la rotation, la position exacte de la tête, des épaules, à quel moment il faut déployer les genoux ramassés contre la poitrine. Et le corps vous redépose sur le sol, intacte, après sa double rotation dans les airs. Le plaisir qui vous traverse alors est fugitif, mais infiniment précieux. Ça n'a rien à voir avec le genre de plaisir que vous procure une surprise ou une bonne nouvelle. Non. Au contraire. C'est le plaisir de savoir qu'il n'y a pas de surprise, pas d'inattendu, que les lois de la gravité sont immuables et que votre corps sait parfaitement jouer avec elles. Ça vous donne un sentiment formidable de réassurance, la certitude de pouvoir compter sur soi. Tout est sous contrôle.

S'il n'y avait pas le talon, bien sûr. Foutu talon.

*

Elle venait tout juste d'avoir onze ans, mais elle s'en souvient comme si c'était hier. De ce sourire que sa mère cherchait à réfréner, pour lui laisser la surprise.

– La lettre de Gym Eval est arrivée...

Au son de sa voix, que pourtant elle voulait rendre le plus neutre possible, Lilou avait deviné que sa mère l'avait ouverte. Et que la réponse était oui. Elle était prise.

Elle avait deviné, mais elle n'était pas sûre. Elle avait demandé d'une voix altérée :

– Où elle est ?

– Sur la commode.

Lilou s'était retournée, avait aperçu l'enveloppe blanche longiligne, le logo rouge et bleu de la Fédération française de gymnastique. Elle l'avait déchirée et en avait sorti une feuille blanche qu'elle avait dépliée brutalement.

Au début elle n'avait presque rien ressenti, tellement c'était fort.

Elle s'était tournée vers sa mère, qui cette fois n'essayait plus de se cacher et souriait jusqu'aux oreilles. Alors, sans lâcher la feuille blanche, Lilou s'était jetée dans ses bras, et sa mère l'avait serrée contre elle, fort, très fort.

C'est leur revanche. Leur revanche sur la vie. Sur l'autisme de Clara. La preuve que le bonheur ne les a pas tout à fait abandonnées.

Elle se souvient encore de la soirée qui a suivi, et en particulier de la réaction de Julia, qui l'avait blessée si profondément.

– C'est cool, avait-elle dit. Si tu pars à Toulon, je vais avoir la chambre pour moi toute seule.

Lilou l'avait fusillée du regard.

– Je rentrerai quand même les week-ends !

– Bien sûr que tu rentreras les week-ends, était intervenue leur mère pour calmer le jeu.

– Ce ne sera pas sa chambre, avait insisté Lilou, qui avait peur de perdre sa place en partant. Elle n'aura pas le droit d'utiliser mes affaires !

– Tu crois que je vais me gêner ?

Julia était allée trop loin. Leur mère l'avait reprise, fâchée, blessée, comme Lilou, qu'elle gâche ce moment de joie familiale.

Un silence avait suivi.

Leur mère était partie dans la cuisine chercher le gâteau au chocolat qu'elle avait trouvé le temps de faire, malgré sa journée chargée. Elle avait découpé des parts les plus égales possible et avait servi tout le monde, elle en dernier.

– Il est un peu trop cuit, s'était-elle excusée dès la première bouchée.

– Je ne trouve pas, avait protesté Lilou en secouant la tête.

– Mais non, avait renchéri leur père. Il est excellent.

Leur mère n'avait pas l'air convaincue, mais elle avait souri.

– Je ne peux pas croire que tu vas partir dans deux mois, avait-elle dit tout à coup. Ça paraît fou...

Lilou n'avait pas compris – sa mère semblait douter, soudain. Ou regretter. Alors qu'elle l'avait soutenue si fort depuis le début !

Elle n'avait pas eu le temps de s'appesantir sur cette sensation étrange. Clara levait son verre au-dessus de son assiette et s'apprêtait à le renverser. C'était sans doute plus d'émotions qu'elle n'en pouvait supporter.

– Clara, non ! avait crié Lilou pour l'en empêcher.

Trop tard. Clara avait renversé son verre d'eau sur son gâteau au chocolat. Tous les yeux s'étaient braqués sur elle.

– Soupe, avait-elle dit.

Ils s'étaient regardés et soudain, avaient tous éclaté de rire, même Julia.

Oui, même Julia. Sa colère n'était pas encore si profonde, son ressentiment si envahissant. Elle riait encore avec eux, à ce moment-là.

C'était le temps des rêves. Tout était possible. Une nouvelle vie s'ouvrait pour Lilou. Trente heures d'entraînement par semaine, trois semaines de vacances par an.

C'est drôle comme ce qui pourrait paraître un bagne à certains lui apparaissait, à elle, comme un bonheur absolu.

Elle était impatiente de rencontrer ses futures copines, ses futurs entraîneurs, de découvrir le monde rêvé du haut niveau. Un mois plus tôt, elle avait pour la première fois poussé la porte du gymnase du pôle Espoir de Toulon, un immense hangar, deux rangées de barres asymétriques, des poutres basses, des poutres hautes, un praticable, une fosse, une longue piste trampoline... et des filles partout, multicolores. De la vie, partout.

De toutes ses forces, elle avait désiré faire partie de cet univers, que ce hangar lumineux devienne sa deuxième maison.

Elle était venue pour les sélections, le cœur enserré dans un étau d'angoisse. C'était tellement important de réussir ! Le reste de sa vie en dépendait...

Alors elle avait sauté le plus haut possible, couru le plus vite possible, réalisé à la barre un maximum de montées à l'équilibre sans tomber, au sol un maximum de saltos arrière en trente secondes, un maximum de Stadler[1] sans jamais reposer les jambes au sol, tenu l'équilibre le plus longtemps possible, prouvé sa souplesse, grands écarts droit, gauche, facial, écrasement jambes serrées, écrasement facial, pont. Elle avait aussi participé à un entraînement. Elle avait eu l'impression de bien s'en tirer, mais certaines lui avaient paru très fortes, et plutôt plus jeunes qu'elle.

Alors elle avait douté.

Elle ne savait pas, alors, que le doute ne la quitterait plus jamais. Cette petite voix qui lui dirait sans cesse : « Tu ne crois pas que tu aurais pu faire mieux ? »

Cette petite voix qui l'empêcherait de dormir la nuit.

*

– Tu vas changer... Tu vas fréquenter des stars... On comptera plus pour toi !

---

1. Montée à l'équilibre avec les jambes écartées.

Margaux se trompait, elle n'avait pas changé. Mais son départ en pôle avait incontestablement créé une distance avec sa meilleure amie même si, les premiers mois, elles s'étaient envoyé des SMS tous les jours.

Comment et pourquoi s'étaient-ils espacés ? Était-ce par fatigue qu'un soir, Lilou n'avait pas répondu ? Était-ce par gêne, à cause du décalage toujours plus flagrant entre leurs deux vies ? Lilou progressait vite, travaillait des difficultés qui les faisaient rêver, que personne n'avait jamais réalisées dans leur ancien club. « Trop de chance ! », « Veinarde »... Margaux avait beau rajouter des smileys et jouer la bonne humeur, le déséquilibre de la situation pesait à Lilou.

Elles s'étaient rencontrées à la gym. Margaux était plus grande qu'elle, plus mince, plus jolie. Elle était douée, bosseuse et n'avait peur de rien. Leur rivalité les aiguillonnait sans les monter l'une contre l'autre. À onze ans, Margaux rêvait elle aussi d'intégrer un pôle, mais ses parents n'avaient pas voulu, ils la trouvaient trop jeune pour partir si loin, seule.

– Ils disent qu'ils ne veulent pas me perdre si vite, qu'ils veulent profiter de toutes ces années avec moi... mais moi, ma vie, c'est maintenant ! Après, ça sera trop tard !

– Tu vas continuer, avait tenté de la consoler Lilou.

– Mais c'est pas pareil ! Tu sais très bien que c'est pas pareil !

Des larmes avaient coulé sur les joues de Margaux. Lilou n'avait pas su quoi dire.

– C'est égoïste, avait repris Margaux avec véhémence. Ils ne pensent qu'à eux...

Lilou était d'accord, c'était égoïste. Du bout du pied, elle avait poussé un petit caillou sur le trottoir.

– Peut-être qu'ils seront d'accord dans un an ou deux... ou s'ils voient que ça se passe bien pour moi...

Margaux avait reniflé.

– Allez, avait insisté Lilou, on parie que, dans deux ans, tu me rejoins... Tape !

Margaux avait hésité, mais avait tapé.

– Imagine comme ça sera génial, avait continué Lilou, sentant que Margaux se laissait prendre. On partagera la même chambre...

Les yeux de Margaux s'étaient éclairés.

Alors qu'elle rentrait chez elle, Lilou s'était sentie étrangement troublée. En surface, elle était fière de la confiance de ses parents, qui la soutenaient dans la poursuite de ses rêves. Margaux n'avait pas sa chance.

Mais tout au fond, et sans qu'il soit besoin d'aucun mot pour le dire, elle avait enregistré : *pour mes parents, que je devienne championne est plus important que de m'avoir avec eux à la maison.*

La veille de son départ, les deux filles s'étaient retrouvées sur la promenade des Anglais. Margaux lui avait payé une glace à la framboise, leur parfum préféré à toutes les deux.

– Ta dernière, lui avait dit Margaux en riant.

– N'importe quoi ! s'était insurgée Lilou.

– Tu vas voir... Ils vont surveiller ton poids, là-bas...

– Oui, mais bon... je pourrai toujours en manger une de temps en temps... faut pas exagérer !

Lilou avait le sentiment bizarre que Margaux cherchait à gâcher sa joie. Elles avaient trinqué avec leur cornet.

– Je jure solennellement de continuer à manger des glaces à la framboise avec Margaux Dumont, avait-elle déclaré d'un ton déterminé.

Margaux avait souri.

– Je jure solennellement de continuer à manger des glaces à la framboise avec Lilou Tissart.

Elles avaient dégusté leur glace en silence, sous le soleil de fin août.

Depuis, à chacune de leur rencontre, Lilou avait éprouvé cette sensation inexplicable d'un « truc pas clair », caché, comme si la partition qu'elles jouaient était un peu fausse. Les deux filles ne s'étaient jamais disputées, mais entre elles, le fossé n'avait pas cessé de se creuser. Par la faute de Margaux, avait analysé Lilou. Parce qu'elle n'avait jamais pu surmonter sa déception.

Margaux n'était pas venue la rejoindre à Toulon, ses parents n'avaient jamais été d'accord. Et en troisième, inexplicablement, Margaux avait changé, elle s'était mise à se maquiller, à porter des jupes, et cette année-là, elle n'avait pas décroché le titre de championne départementale.

Trop dégoûtée ! Tu le méritais mille fois !!! lui avait écrit Lilou.

C'est pas grave, tu sais, avait répondu Margaux.

Son indifférence l'avait secouée. Plus que ses petites récriminations et sa jalousie refoulée.

Lilou avait senti qu'elles ne se comprenaient plus.

5

Le lendemain, Lilou n'a pas envie de sortir de son lit.

La lumière éclatante de Nice l'aveugle. Elle a envie d'un petit coin sombre, un petit coin où se rouler en boule et attendre. Quoi ? Que les JO soient passés.

Et après ? Reprise mi-août, comme les autres années, entendre celles qui sont parties raconter, voir la lumière dans les yeux de celles qui écoutent, se dire « J'aurais dû y être ».

Reprendre avec un corps déshabitué, plus lourd, plus raide. Reprendre avec le poids du regret et de la culpabilité sur les épaules.

« Tu sais à quoi on reconnaît une championne ? », lui a demandé un jour Philippe. « Une championne est capable de tourner la page. Elle ne reste pas sur un échec. Elle se relève et elle repart. Crois-moi. Ce n'est pas le talent ni le travail, c'est ça. Enfin, bien sûr, le talent et le travail, c'est indispensable, mais il faut ce petit plus. »

Non, il ne sert à rien d'attendre, il faut reprendre dès que possible, en juin ou même avant. Supporter de voir les autres se préparer, peaufiner leurs mouvements, se sentir exclue, ne rien regretter... Mais comment ne rien regretter ?

Quand ses pensées deviennent insupportables, elle se lève. Dans la cuisine, sa mère prend son petit déjeuner avec Clara. Elle lui jette un regard rapide.

– Ça va ?

Lilou hoche la tête, puis se hisse sur un des tabourets hauts.

– Ton père a pris un rendez-vous pour toi avec un médecin jeudi prochain.

– OK.

Elle ne sait pas si elle doit se laisser aller à espérer, parce que la déception fera encore plus mal.

– Et tu as ton rendez-vous chez la psy lundi, tu n'as pas oublié ?

Elle se raidit légèrement.

– Non, non...

À côté d'elle, Clara inspecte obsessionnellement sa tartine pour s'assurer que le Nutella ne déborde à aucun endroit.

Elle a onze ans, un petit visage encadré de cheveux fins, des lunettes rondes. Elle porte une queue-de-cheval basse et des barrettes roses pour retenir les mèches qui tombent. Elle ne reste jamais coiffée longtemps, parce qu'elle saute sur place au moins dix fois par jour.

Une fois sa mère et Clara parties, Lilou erre dans l'appartement désert. Elle sort sur le balcon, regarde les cerisiers en fleurs, d'un blanc éclatant sur le ciel bleu intense. Leur beauté, indifférente à son désarroi, lui fait mal. Elle détourne le regard.

Elle revient à l'intérieur, éblouie, se frotte les yeux. Elle a mal à chaque pas. Elle s'assoit sur le canapé et se masse doucement la plante des pieds et le talon. Dans sa tête, elle se répète des mots magiques : « Guéris ! »

Pourquoi ? Pourquoi maintenant, alors qu'elle touche au but ?

Elle se relève, pose doucement le pied sur le tapis... la douleur la traverse. Des larmes lui montent aux yeux.

Elle se traîne jusqu'à l'entrée et regarde les photos accrochées au mur. Bien sûr, il y a celle des championnats du monde de l'année dernière, à Glasgow, où elle a décroché le bronze aux barres. On la voit en train de montrer sa médaille, un sourire jusqu'aux oreilles, des étoiles dans les yeux. Un moment d'euphorie où elle planait, en totale apesanteur. Elle porte le survêtement de l'équipe de France, blanc avec des rayures bleues sur les manches, on ne voit pas ses jambes. Ses cheveux sont tirés au maximum, comme toujours, maintenus en place à grand renfort de laque.

Sur une autre photo, elle est en vacances dans un port de Corse, et elle mange une glace à la framboise. La photo est idyllique, le ciel bleu sans un nuage, mais Lilou se souvient que dix secondes plus tard, de la glace fondue avait dégouliné sur les mains de Clara, qui ne l'avait pas supporté et s'était roulée par terre, sous le regard pétrifié des serveurs du restaurant.

Inutile de penser à ça maintenant. Elle s'observe de plus près. Des cheveux châtains mi-longs, des yeux noisette, des sourcils souvent froncés (c'est Julia qui le lui avait fait remarquer). D'ailleurs, où est Julia ? Ah, la voilà. C'est une photo qui date un peu, elle doit avoir quatorze ans peut-être. Elle porte une longue robe de soirée et salue sur scène à la fin d'un spectacle de théâtre. Julia a les cheveux plus clairs qu'elle, des reflets dorés, des yeux verts, un nez en trompette. Elle tient les mains de deux amis et elle rayonne. Depuis toujours, Lilou se sent fascinée par ce petit quelque chose d'indéfinissable. Du charme, peut-être. Du charisme. Elle la boit du regard. Puis elle pense à la réponse de Julia au SMS où elle lui annonce qu'elle est arrêtée deux mois. **Trop le seum.** C'est tellement passe-partout que ça n'exprime rien. N'importe qui aurait pu écrire ça.

Sa mère lui a dit qu'elle viendrait peut-être dîner à la maison samedi soir. Lilou ne sait même pas si elle a envie de la voir. Elle a peur de sentir qu'au fond, Julia se réjouit de son malheur.

Pendant longtemps, au gymnase Saint-Blaise, c'était Julia la championne. Elle avait des « qualités », comme disait Kate. C'était une longue liane fine, souple mais sans excès, puissante naturellement. C'était la première du club qui avait réalisé un double salto au sol, c'était une vraie star. Et pourtant, leurs entraîneurs n'avaient jamais aimé Julia comme ils avaient aimé Lilou. Peut-être parce que Julia était jugée capricieuse. Elle se plaignait quand ses ampoules aux mains se déchiraient ou quand elle avait mal au dos. Elle osait dire quand elle avait peur. Elle passait parfois de longues minutes sur la poutre, sans bouger, les bras en l'air, sans se lancer.

Kate finissait par s'agacer :

– Allez, descends, on perd notre temps, là !

Julia descendait, une moue de défi aux lèvres. Dans ses yeux brillaient des éclairs, et Kate sentait qu'elle était murée, inaccessible.

Un jour, Lilou avait entendu Kate prononcer cette phrase mystérieuse :

– Ce n'est pas forcément un cadeau d'être trop douée.

À l'époque, elle n'avait pas compris. Comment cela pouvait-il être un défaut d'être trop douée ?

Devenir comme Julia était pour Lilou un rêve absolu. Elle n'avait qu'un but dans la vie : être comme elle, aussi douée qu'elle, maîtriser les mêmes difficultés. Ce n'était pas l'envie de la battre, mais le désir d'attirer son attention, de susciter son admiration, pour se faire aimer d'elle.

Et pourtant, ça avait produit l'effet inverse. Plus Lilou progressait, plus Julia devenait sèche, distante. Finis les petits conseils, les courses en équilibre sur les mains, les séries de flips à s'en faire tourner la tête. Finie la complicité.

Elle avait dû s'y habituer. Julia ne l'aimait pas. Petit à petit, elle avait cessé d'espérer – du moins en surface. Et régulièrement, Julia venait appuyer sur la plaie mal cicatrisée, par une petite remarque acide, un commentaire désobligeant.

*

Elle fait quelques pas dehors. Une brise chaude fait voler ses cheveux fourchus, abîmés, toujours comprimés dans un chignon ou une queue-de-cheval haute. Elle n'a plus aucune raison de les attacher, mais elle le fait quand même, par habitude.

Elle marche dans la ville. Elle ne connaît pas vraiment Nice, elle avait onze ans quand elle l'a quittée pour Toulon. Depuis cinq ans, toutes ses vacances se passent ailleurs, dans des stages en France ou à l'étranger, entourée de ses entraîneurs et de ses amies gymnastes. Alors elle regarde autour d'elle et elle a l'impression de ne rien reconnaître. Elle se sent sur une autre planète. Échouée.

*

Lorsque Julia arrive, c'est un choc : elle a une mèche bleue et un piercing dans le sourcil. Lilou n'était même pas au courant.

Sa sœur la prend dans ses bras et l'embrasse.

– Alors, t'as une talonnade ?

– C'est ça, confirme Lilou.

– Ma pauvre. Ça doit te faire drôle.

Lilou hoche la tête.

– Illias, présente Julia. Vous vous connaissez ?

– Non, dit Lilou du bout des lèvres, intimidée.

Ils s'embrassent. Lilou essaie de ne pas le regarder, mais c'est difficile. Il ne ressemble pas aux précédentes conquêtes de Julia, des garçons sûrs d'eux, genre *bad boy*. Illias est plutôt maigre, pas très à l'aise, il a des cils très recourbés et des yeux noirs sensibles.

Ils s'installent sur le canapé, Julia collée à son amoureux. Leur mère pose des chips et des cacahuètes sur la table basse. Leur père sert de la bière aux grands, du jus de pomme à Lilou et Clara, qui est pour l'instant cachée derrière le rideau, et dont on ne voit dépasser que les chaussettes roses.

Ils lui ont dit qu'elle pouvait venir, mais visiblement, elle ne veut pas, alors ils font comme si elle n'était pas là.

– Tu fais comment pour les cours ? s'enquiert Julia.

– Aline m'envoie les exercices...

– T'es censée reprendre quand ?

– Je ne sais pas si je pourrai reprendre à temps pour les JO, dit Lilou, le visage fermé.

– Ah mince, dit Julia.

– Tt-tt-tt, on va voir un autre médecin, rien n'est joué, proteste son père. Monnot a toujours été comme ça, il dramatise.

Julia reste silencieuse. Leur mère finit d'installer les Apéricubes sur une petite assiette. Elle sourit à Lilou.

– N'y pense pas maintenant. Tu verras bien.

– On peut vivre sans la gym, tu sais, laisse tomber Julia, légèrement moqueuse.

Elle sait de quoi elle parle, elle qui a arrêté à quatorze ans, du jour au lendemain, un an à peine après que Lilou est partie en pôle.

– Pourquoi tu lui dis ça ? proteste leur père, une nuance de reproche dans la voix.

– Faut se poser des questions, reprend Julia. À quatre mois des JO, c'est peut-être pas un hasard...

Leur mère hausse les sourcils.

– Trop de pression, tu veux dire ?

Julia fait une moue bizarre.

– Ou pas envie... au fond.

– Pas envie d'aller aux JO ? s'exclame leur père, comme si elle avait dit une énorme connerie.

La tension, imperceptiblement, monte.

– Tout le monde ne rêve pas d'aller aux JO, insiste Julia.

– Toi, peut-être pas, rétorque-t-il. Mais ça fait des années que Lilou s'entraîne juste pour ça...

Lilou acquiesce.

– C'est super blessant, ce que tu dis, reprend leur père.

Julia se renfrogne. Elle prend ce petit air que Lilou connaît bien, un peu ailleurs, un peu insolent, et n'ajoute rien.

Lilou se dit tristement que malgré la mèche bleue, le piercing, le petit copain différent des autres, rien n'a changé.

Un souvenir lui revient. C'était la première fois qu'elle rentrait à la maison après son départ au pôle de Toulon. L'entraînement avait repris plusieurs semaines avant la rentrée – pour les gymnastes, les vacances d'été ne duraient que trois semaines. Elle était surexcitée, pressée de partager son enthousiasme avec sa famille.

– Alors, c'est comment ? avait demandé son père, les yeux brillants.

– Génial.

– Les entraîneurs sont sympa ? avait demandé sa mère.

– Super.

– La fille avec qui tu partages ta chambre ? avait insisté sa mère.

– Hyper cool, avait confirmé Lilou. Elle s'appelle Aline, elle est hyper sympa.

– Tout va bien dans le meilleur des mondes, s'était moquée Julia.

– Mais c'est vrai ! avait protesté Lilou, piquée vive.

– Pourquoi tu réagis comme ça, Julia ? était intervenue leur mère d'un ton de reproche. On dirait que tu es jalouse...

– *Jalouse*, avait répété Clara.

C'était drôle, et ils avaient ri. Mais pas Julia, qui avait haussé les épaules.

– Alors là, n'importe quoi... j'ai aucune envie de passer mes vacances dans un gymnase, merci.

– C'est vrai que traîner en ville toute la journée, c'est beaucoup plus intéressant, avait ironisé leur père.

– Chacun sa vie, avait dit leur mère. Julia est différente de Lilou, c'est comme ça.

– Exactement, avait dit Julia.

Elle avait l'air crâne, mais il était clair qu'au fond, malgré le souci de sa mère de défendre Julia, elle était la seule à penser que sa vie d'adolescente banale valait mieux que celle de Lilou.

À part peut-être Clara, pour qui ça n'avait aucune importance.

Elle pense à sa petite sœur, dans son monde, ailleurs, qui vit avec eux, mais sans vraiment partager leur réalité. Elle porte son verre à ses lèvres et boit une gorgée, puis elle se tourne vers le rideau.

– Tu viens, Clara ? Il est bon, le jus de pomme...

Le tissu bouge un peu. À son tour, Julia se penche en avant.

– Il est gentil, Illias, tu sais, il ne va pas te manger !

– Mmm, intervient Illias. Pas sûr... J'aime bien les petites filles tendres, moi...

Le rideau se froisse.

– C'est une blague, se dépêche de préciser leur mère.

– T'es con, souffle Julia à Illias. Tu peux pas dire des trucs comme ça, elle comprend pas le second degré...

Illias change de visage.

– Ah bon... J'savais pas, chuchote-t-il.

Un silence suit. Tout le monde regarde le rideau qui ne bouge plus.

– Clara, appelle Julia d'une voix douce. C'est une blague, tu sais, Illias ne mange personne, bien sûr.

– Je crois qu'il vaut mieux la laisser tranquille, lui dit leur mère.

– J'suis désolé, s'excuse Illias, très gêné.

Le malaise est palpable. Ils essaient de parler d'une façon normale, mais tout le monde est sur ses gardes.

Clara ne quitte pas sa cachette de la soirée.

Au moment de se coucher, elle hurle pendant une demi-heure, impossible à calmer. Lilou a beau être habituée, elle n'arrive pas à se blinder.

Quelque chose des cris de Clara résonne en elle.

Quelque chose de cette soirée lui a fait du mal, à elle aussi, même si elle n'a ni voix ni mots pour l'exprimer.

Alors elle écoute sa petite sœur crier à travers les murs, et elle fixe l'obscurité.

6

— Entre...

La psy est une petite dame aux cheveux bruns et courts, dynamique.

Son regard se pose sur Lilou, franc, direct. Elle lui sourit.

Lilou lui répond d'un sourire crispé, du bout des lèvres. Son visage est fermé comme un magasin par un rideau métallique.

– Assieds-toi.

Lilou s'assoit, raide, juste le bout des fesses, sur le fauteuil qui lui fait face. Elles se regardent. La psy lui sourit à nouveau.

– Si j'ai bien compris ce que m'a dit ta mère, tu es une gymnaste de haut niveau, tu fais partie de l'équipe de France, et tu es là parce que tu as fait une chute qui t'immobilise pendant deux mois...

Lilou acquiesce d'un bref signe de tête. Cette psy, ce n'est pas elle qui a souhaité la consulter. Sa mère s'est inquiétée de la voir refuser de sortir, même pour se promener, et passer ses journées enfermée dans sa chambre, devant son écran, à se repasser ses compétitions et à communiquer sur Insta avec ses amies du pôle.

– Ta mère a l'impression que tu le vis très mal, mais tu sais, ça peut être bien, parfois, de faire une pause...

– Vous ne vous rendez pas compte, proteste Lilou, deux mois, c'est... Déjà, je n'ai pas participé au test event[1], c'est comme si je ne faisais plus partie de l'équipe. C'est... comme un arrêt de mort.

– Un arrêt de mort ? répète la psy, visiblement surprise.

– Oui, confirme Lilou.

Un silence passe.

---

1. Le test event est la compétition de la dernière chance pour les nations qui n'ont pas réussi à se qualifier pour les Jeux olympiques lors des championnats du monde.

– Peut-être que tu te sous-estimes, peut-être que tu retrouveras ton niveau plus vite que tu ne le penses ?

Lilou ne reprend pas, dubitative.

– Et même, imaginons le pire, si tu devais arrêter complètement ?

Des larmes lui montent aux yeux.

– Si j'arrête, je ne suis plus rien...

– Tu n'es plus rien ? s'étonne encore la psy.

Lilou acquiesce.

– Alors tous les gens qu'on voit dans la rue, le conducteur de bus, la kiosquière, la banquière, le médecin, moi... on n'est rien ?

Lilou serre les lèvres.

– Je ne suis plus moi, corrige-t-elle.

– Mais la gym, ce n'est pas toi ! Ce n'est qu'une toute petite partie de toi...

Elle secoue la tête.

– La gym, c'est moi. Vous ne pouvez pas comprendre. J'ai passé toute ma vie dans un gymnase ! C'est comme si... on me coupait mes bras et mes jambes.

– On peut vivre sans bras ni jambes.

Lilou la regarde, incrédule.

– Oui, dit-elle. Une vie de mutilé !

– Il y a des vies de mutilés qui sont plus riches que celles de valides.

Lilou ne répond pas, sidérée. Elle ne comprend pas le délire de cette femme, mais elle sait qu'elle ne veut pas d'une vie de mutilé.

– Et les garçons ? demande la psy à brûle-pourpoint.

Lilou hausse les sourcils, désarçonnée.

– Quoi, les garçons ? demande-t-elle, sur la défensive.

– À ton âge, insiste la psy, ce serait normal de t'y intéresser... ou aux filles, je ne sais pas... à l'amour.

Elle secoue la tête.

– C'est pas ma priorité.

– Non ?

– Je n'ai pas le temps, proteste Lilou, comme si c'était une évidence.

La psy laisse passer un silence.

– Et maintenant ?

Elle secoue la tête.

– Ça m'intéresse pas.

Elle se tait un instant, puis reprend :

– En fait, j'ai l'impression que c'est comme une pyramide de Kapla... Cette blessure, c'est comme si on avait retiré un Kapla tout en bas et que, d'un coup, tout s'était écroulé... murmure-t-elle.

– Parfois, c'est bien de s'écrouler. Parce que dans ce tas de Kapla écroulés, il y a quelques planchettes qui peuvent t'aider à reconstruire ta vie. Autrement.

Lilou a envie de lui crier au visage qu'elle ne veut pas de cette vie au rabais. Que ça ne l'intéresse pas.

Elle ne dit rien. Elle voit bien que cette femme ne comprend rien à ce qu'elle vit.

Elle sort de la séance en colère, profondément désemparée. Elle est sûre d'une chose : elle ne reviendra jamais dans cette petite salle aux murs clairs.

*

– *Retiensretiensretiens*... et hop ! Super !

Tout est familier, au gymnase Saint-Blaise. La voix de Kate, la lumière diffuse à travers le plastique ondulé, l'odeur de la magnésie, le martèlement des pieds sur le praticable, le bruit sourd des réceptions... Il y a des filles partout, des justaucorps de couleur vive, rouge, bleu, orange.

Quand Kate la voit, elle exprime d'abord de la surprise. Les filles sont plus réactives, elles se précipitent vers elle, l'entourent, veulent toutes l'embrasser, c'est un véritable essaim.

Kate s'approche et la serre dans ses bras, puis tout de suite :

– Qu'est-ce que tu fais là ? T'es pas à Toulon ?

– J'ai une talonnade...

Grimace.

– Merde, dit Kate. Si près des JO... c'est la tuile. Tu reprends quand ?

Lilou sent les larmes monter, mais elle les retient de justesse.

– Dans six semaines...

– Hein ? s'exclame Kate. T'es sérieuse ?

Lilou sent une grosse boule dans sa gorge.

– Je vais peut-être reprendre plus tôt, ça dépend...

– Tu peux pas faire une pause aussi longue, ça, c'est clair...

Lilou acquiesce.

– D'ailleurs, je me demandais... Est-ce que je peux venir faire de la muscu ici ? Pour me maintenir en forme ?

– Évidemment ! Autant que tu veux ! C'est ta maison, ici !

Lilou sourit, une immense vague de soulagement, chaude, lumineuse, la parcourt.

– Je te laisse y aller, tu connais le chemin, ajoute Kate avec un clin d'œil. Et franchement, Lil'... reprends vite. Une chance comme celle que t'as en ce moment, on l'a qu'une fois dans une vie. Crois-moi. Tu peux pas la laisser passer...

Lilou hoche la tête.

Puis, d'une voix plus dure, Kate crie :

– Allez, les filles, on a assez perdu de temps, là ! On reprend ! Mariam, je veux qu'on se lance dans le double ce soir, si, si, je suis sérieuse... Tu crois que Lilou aurait été prise en équipe de France si elle avait été comme toi ?

Lilou jette un regard à Mariam, une fille noire qui laisse échapper un sourire coupable.

Elle lui sourit pour la rassurer.

Elle enfile son justaucorps, rapidement, en tirant sur le tissu élastique, hop un bras, hop l'autre, et vite, les deux chevillières. Ce sont des gestes réflexes, mécaniques. Puis, avant de mettre ses chaussons, elle replie plusieurs fois sur elle-même la bande Tensoban afin de protéger son talon.

Elle pousse la porte du gymnase. Mariam court sur le praticable. Rondade flip et vrille. Elle est montée trop haut, a tourné un peu plus d'un tour, elle tombe sur les fesses.

– Et alors ? la rabroue Kate. Tu joues à quoi ?

Mariam se mord les lèvres, les yeux écarquillés. Elle n'a guère plus de dix ans, un air volontaire et sérieux.

Est-ce que je ressemblais à ça ? pense Lilou. Son regard scanne les visages. Cinq ans qu'elle est partie s'entraîner au pôle Espoir de Toulon et déjà, elle ne connaît presque plus personne. La plupart des anciennes ont décroché, comme Julia ou Margaux. Horaires d'entraînement trop exigeants, incompatibles avec le lycée. Lassitude, peut-être. Envie d'avoir une vie normale, de sortir, de passer du temps avec leurs amis. Les filles, ici, ont entre dix et quinze ans, des corps fluets et toniques. Quand Lilou les regarde tourbillonner dans l'air, elles ont l'air légères comme des plumes.

Lilou doit lutter contre le sentiment d'être vieille. À nouveau, l'angoisse de ne jamais retrouver son niveau lui serre la gorge.

Elle s'installe dans un coin un peu à l'écart et enchaîne une série de vingt pompes, puis dix montées de corde à la force des bras, jambes à l'équerre. Son corps lui paraît gourd, ses muscles atrophiés. Au bout d'une demi-heure, l'épuisement la gagne, mais elle continue. Elle continue jusqu'à ne plus tenir debout, et ça lui fait du bien d'avoir mal. Puis elle s'écroule sur un gros tapis en mousse et ferme les yeux.

– Alors, la championne ?

Elle rouvre les yeux. C'est Donn, un de ses premiers entraîneurs. Elle se redresse.

– Talonnade, m'a dit Kate ? demande Donn.

Elle hoche la tête en silence.

– Bah dis donc, t'as pas l'air d'avoir le moral...

– Ma vie est fichue, dit-elle.

– Comment ça, ta vie est fichue ? s'insurge-t-il.

– Je suis trop vieille...

– Qu'est-ce que je devrais dire, alors ?

Elle croise son regard vif, chaleureux, et se détourne.

– Personne n'est fichu à seize ans, reprend-il. C'est débile de dire ça...

Il passe le bras autour de ses épaules, et soudain le malaise l'enveloppe comme une couverture glacée. Elle se souvient des confidences de Noémie... Non, elle ne veut pas y penser. Elle n'enlève pas le bras qui l'enlace, mais reste raide.

– Regarde-moi dans les yeux, Lilou.

Elle tourne très légèrement la tête, le regarde en biais.

– Le premier qui te dit que t'es fichue, je lui mets mon poing dans la gueule. D'accord ?

Elle hoche la tête, puis elle fait un mouvement pour se dégager.

– Je vais m'y remettre, dit-elle.

– Ah, je préfère ça !

Elle sourit rapidement, puis s'éloigne. Pour faire bonne figure, elle se suspend à la barre supérieure et recommence une série de tractions.

Quand elle ressort, elle est plus légère. Elle se sent ressourcée par le simple fait d'avoir respiré l'air du gymnase, d'avoir fait bouger son corps, d'avoir senti l'envie en elle, intacte.

Elle va retrouver son niveau, c'est sûr. Ce n'est qu'une question de temps.

*

Elle glisse la clé dans la serrure, puis pousse la porte. Sa mère est dans la cuisine, en train de goûter avec Clara.

Elle entend sa voix si particulière qui scande des mots d'un ton mécanique : « *... pour 100 ml Énergie 269 kJ 64 kcal matières grasses 3,6 g dont acides gras saturés...* » On sent qu'elle ne comprend rien à ce qu'elle lit, elle prononce « Un-zéro-zéro emel » et « Deux-six-neuf kaji ».

Lilou retire ses baskets et les rejoint.

– Tu étais sortie ? l'interroge sa mère.

– Je suis allée m'entraîner un peu au gymnase.

Son visage s'éclaire.

– Ah bon ?

– J'ai fait de la muscu, pour garder la forme.

– C'est bien.

– C'est bien, répète Clara d'une voix sans intonation.

Lilou lui sourit, mais Clara ne la regarde pas. Elle fixe l'étiquette de la bouteille de lait, très concentrée.

Lilou ne sait jamais, dans ces cas-là, ce qui se passe dans la tête de Clara, si elle pense ce qu'elle vient de dire, ou si c'est purement machinal.

*

Elle retourne à Saint-Blaise le lendemain, même si elle a des courbatures dans les bras, les épaules, même enfiler son justaucorps la fait souffrir.

Elle retourne à Saint-Blaise parce que c'est sa seule raison de vivre.

7

— Ça fait mal, là ?

Elle n'hésite qu'un quart de seconde.

– Non.

– OK... Et là ?

Malgré sa résolution, elle n'arrive pas à réprimer une grimace.

– OK, conclut le médecin.

Il est jeune, bronzé, athlétique.

Il retourne s'asseoir derrière son bureau.

– Alors, c'est clair, il y a une douleur au tendon... Maintenant... je pense que c'est à toi de dire si c'est supportable ou pas.

Il regarde le père de Lilou, suspendu à ses lèvres. Il semble avoir un léger doute, parce qu'il ajoute :

– Si elle dit qu'elle a mal, il faut l'écouter. Parce que...

Il s'interrompt. Que pense-t-il, à ce moment-là ?

– Oui, bien sûr, se dépêche de le rassurer son père.

– Après, les athlètes comme elle ont des ressources que n'ont pas les gens normaux, c'est clair. Donc moi, je pense qu'il faut écouter ce qu'elle, elle en dit.

Il se tourne vers elle, qui a fini d'enfiler sa chaussure.

– C'est toi qui es dans ton corps, donc tu sais mieux ce dont t'as besoin... La talonnade est guérie, mais il y a une petite douleur au tendon. Ça fait déjà deux semaines, là, c'est ça ? Tu peux peut-être reprendre l'entraînement sans trop solliciter ton pied ?

En partant, Lilou le remarque, son père serre la main du médecin avec reconnaissance. Il descend l'escalier rapidement, et quand ils se retrouvent dans la rue, il lui sourit.

– Tu vois qu'il exagère, Monnot... Il exagère toujours...

Lilou lui sourit aussi. Elle s'en veut un peu d'avoir menti, mais son père est heureux, c'est l'essentiel.

Malgré tout, au fond d'elle, elle se demande : il a vu sa grimace, non ? Ça n'a pas pu lui échapper ? Donc, elle a eu raison, c'était ce qu'il fallait faire.

*

– Si tu ne veux pas y aller, pas de problème. Il y a cent filles qui rêvent de prendre ta place.

Combien de fois a-t-elle entendu ce genre de phrases ?

Elle avait onze ans, ça faisait quelques mois seulement qu'elle était au pôle et c'était la première fois qu'elle tentait un tkatchev en conditions réelles, sans la présence rassurante des cubes de mousse de la fosse. Elle était en appui sur la barre haute, bras tendus, et elle ne bougeait pas. Philippe s'impatientait.

Du coin de l'œil, elle apercevait le corps brun d'Aline qui virevoltait d'une barre à l'autre. Elle entendait les approbations de Camilla. « Bien... bien... grande... va chercher loin... super ! »

Et elle, elle restait figée, et Philippe debout sur la plate-forme de parage attendait. Une boule lui nouait le ventre. Elle n'avait jamais connu ça. Une peur nue, à vif, incontrôlable, qui la paralysait. Elle ne comprenait pas elle-même ce qui lui arrivait.

Au bout de longues minutes, Philippe lui avait dit de descendre. Elle avait secoué la tête, les lèvres serrées.

– Alors t'y vas. Je vais pas passer l'après-midi à t'attendre !

Elle se sentait tellement minable. Malgré la terreur, elle s'était lancée. Et bien sûr, elle avait chuté.

– C'était quoi, ça ?

Elle était remontée, elle avait recommencé. Était retombée. Philippe l'avait dévisagée avec froideur.

– C'est pas la peine, là. On perd notre temps, toi et moi.

Il avait déclaré l'entraînement terminé.

Camilla l'avait trouvée en larmes dans les toilettes.

– Lilou... ça ne sert à rien, les larmes. Utilise cette énergie, utilise ta colère, reviens sur la barre. Tu t'es déçue toi-même. Prouve-toi que tu peux faire mieux.

Elle avait reniflé, pas convaincue. Alors Camilla avait ajouté, l'air de plaisanter :

– Prouve-le-moi ! Fais-le pour moi !

Lilou était revenue dans la salle, s'était dirigée droit vers l'appareil, s'était hissée sur la barre haute. Au début, ses yeux étaient encore embués, le monde était flou.

– Hé ! avait crié Philippe en l'apercevant. Tu fais quoi, là ?

Elle s'était lancée. N'importe comment. Parce que bien sûr, elle n'était pas capable de se concentrer au milieu de cette bourrasque d'émotions. Elle avait atterri à plat ventre sur le tapis.

– Qu'est-ce que tu fiches, là ? avait répété Philippe, qui l'avait rejointe.

Elle n'avait pas répondu.

– Ho !

Elle était restée silencieuse. Il l'avait observée longuement.

– OK, il avait dit. On y va.

Et il était remonté sur la plate-forme. Ils avaient travaillé pendant une heure, sans relâche.

Elle tournait autour de la barre en soleil, tournait, tournait, puis elle bloquait ses pieds, poussait très fort sur ses épaules, lâchait la barre, passait par-dessus jambes à l'écart...

Immanquablement, ses mains étaient trop près ou trop loin, trop haut ou trop bas, elle dérapait et tombait. Parfois, elle se cognait l'avant-bras ou le bout des doigts. Mais sans un mot, sans un regard pour Philippe, elle remontait.

Au bout d'une heure, comme par miracle, ses mains avaient rattrapé la barre.

– C’est bon, on arrête ! C’est bien.

Elle avait croisé son regard, avait hoché la tête, incapable de sourire.

Elle avait gagné les toilettes. Alors seulement, enfermée dans la cabine, elle s’était mise à trembler. Ses mains, ses mains d’abord, puis ses bras, ses bras entiers, jusqu’à ses épaules. Toute la peur emmagasinée qui n’avait pas pu sortir.

Depuis ce jour, elle n’avait plus jamais laissé le découragement ou la peur arriver jusqu’à elle, elle les transformait en colère. En fuel. En énergie.

De sentir que Philippe pouvait l’abandonner, que son soutien n’était pas garanti, qu’elle pouvait perdre son estime. Plus jamais.

Plus jamais risquer de le décevoir. L’approbation de Philippe était devenu le critère de validation d’une journée. Les journées avec, les journées sans. Elle avait un sixième sens pour sentir qu’il était déçu, qu’il attendait mieux. Alors elle redoublait d’efforts. Et parfois, ça ne suffisait pas.

Les journées sans, Lilou rentrait dans sa famille d’accueil en se haïssant. Au dîner, elle picorait, et ne se mettait pas au lit sans une série de cinquante pompes.

– Tu es trop dure avec toi, lui disait Aline, sa meilleure amie, qui partageait la même chambre qu'elle.

Aline avait quitté la Martinique à douze ans pour venir seule en France, ce n'était pas la motivation qui lui manquait, ni la force de caractère. Mais elle sentait chez Lilou quelque chose d'excessif, une violence rentrée, qui la mettait légèrement mal à l'aise.

Lilou n'entendait pas l'inquiétude d'Aline. Ses mots volaient au-dessus de sa tête. Elle était persuadée, au fond d'elle, que c'était grâce à cette dureté si elle progressait aussi vite.

Parce qu'elle progressait. Aux championnats de France, elle avait fini treizième. L'année suivante, elle était sixième, et médaille de bronze aux barres.

Philippe lui avait ébouriffé les cheveux.

– La prochaine fois, c'est l'or, avait-il dit, un sourire aux lèvres.

Elle n'avait pas su si c'était une blague ou s'il était sérieux, mais c'était la première fois qu'il la touchait pour autre chose que la parer, qu'il se permettait un geste autre que technique, presque affectueux – lui toujours si contrôlé. Il était clair qu'il n'était pas seulement content pour elle : il était heureux et fier. Comme si cette médaille, c'était en partie la sienne.

Elle aurait pu se sentir dépossédée, utilisée. Mais non, au contraire. Elle s'était sentie plus fière encore. Comme si son désir de réussir avait besoin de se nourrir de celui des autres.

*

Le plus dur, finalement, ce n'était pas les trente heures d'entraînement par semaine, ce n'était pas les séances d'abdos interminables ni les exercices d'assouplissement inhumains, non, c'était les retours en famille. Retrouver Clara, ses réactions à fleur de peau, excessives, ses cris, la fatigue de ses parents.

Parfois, elle avait l'impression qu'ils jouaient tous un jeu. Parce qu'ils ne voulaient pas faire peser leurs problèmes sur elle, qui avait un quotidien si dur, ils faisaient semblant que tout allait bien. Mais elle sentait qu'il y avait des tensions, en particulier avec Julia.

Julia, elle, ne se cachait pas. Elle exprimait envers Lilou une hostilité larvée, mais parfaitement perceptible. Quand elle arrivait, Julia levait à peine les yeux de son téléphone et lâchait juste « salut ». À table, elle ne lui posait pas de questions, ne s'intéressait pas à ce qu'elle vivait, ou seulement pour critiquer. Elle avait souvent l'air ailleurs, ne semblait pas écouter. Lilou ne savait pas si c'était dirigé contre elle ou si Julia avait, tout simplement, changé. Elle se demandait comment ça se passait pendant la semaine, si Julia gardait la même attitude quand elle n'était pas là.

Week-end après week-end, elle sentait la distance entre elles se creuser. Même le soir, quand elles se retrouvaient seules dans leur chambre, Julia, rivée à son téléphone, ne sortait pas de sa bulle. Si Lilou lui posait une question, aussi simple que « Tu n'as pas vu le dentifrice ? », Julia lui répondait avec agacement, parfois sans même la regarder. Lilou se sentait désespérée. Sa sœur, son idole, dont l'approbation comptait tant pour elle ! Mais elle ne disait rien. Jamais elle n'aurait avoué ce qui pourtant lui broyait le cœur : « Je t'aime et tu me fais du mal. » Elle s'endurcissait comme elle pouvait, répondait sur le même ton, prétendait en son for intérieur que ça n'avait pas d'importance, se répétait sans y croire qu'elle était meilleure que sa sœur et qu'elle n'avait aucun compte à lui rendre.

Puis il y avait eu la fameuse fois de la dispute.

Lilou n'a jamais vraiment su ce qui s'était passé. Elle était dans sa chambre, en train de lire *La Peau de chagrin* pour le cours de français. Les éclats de voix avaient traversé la porte jusqu'à elle. Son cœur s'était mis à battre plus fort. Elle détestait les disputes.

La porte de la chambre claque. Lilou fait semblant de continuer à lire. Un regard furtif à Julia lui suffit pour comprendre qu'elle pleure, même si les larmes ne coulent pas sur ses joues.

C'est horrible d'être deux à ce moment-là. Lilou sait que sa sœur ne veut ni tendresse ni compassion, surtout pas venant d'elle, alors elle reste immobile, continue à faire semblant, tourne une page pour faire bonne mesure, n'ose même pas relever les yeux, mais glisse quand même un regard, pour savoir. Julia est assise sur son lit, les mains sur les genoux, elle fixe le tapis. Aux petits mouvements de ses lèvres, Lilou devine qu'elle se mord l'intérieur de la bouche et s'arrache des petits bouts de chair pour, désespérément, tenter de canaliser l'émotion torrentielle qui la secoue. Éviter de pleurer, éviter de hurler, se contenir.

Au bout d'un moment, ses épaules s'affaissent, quelque chose a lâché prise, elle s'écroule sur son lit, face au mur, replie ses genoux contre elle.

Lilou réprime l'envie de poser la main sur son épaule, de la prendre dans ses bras et de se blottir contre elle. Elle sait qu'elle se ferait jeter. Elle prendrait en pleine face tout ce que Julia ne peut pas dire à leurs parents.

Elle a peur de sa violence.

Dans le salon, Clara, qui a assisté à la scène, hurle. Les cris leur parviennent à travers la porte, des cris stridents, paniqués.

Le déjeuner est très silencieux. L'expression de Julia est comme figée dans un masque de plâtre, son regard est fermé, la moue de ses lèvres très légèrement insolente, et la souffrance partout, dans la crispation de son menton jusqu'à la racine de ses cheveux.

Lilou, tétanisée, essaie de ne rien montrer de la désolation qui l'habite.

Leur mère, déçue, désemparée, affiche une dureté que Lilou ne lui connaît pas, tandis que leur père, qui pourtant tout à l'heure a giflé Julia, a tourné la page, essaie maladroitement de les réconcilier, de leur arracher un petit sourire, puis renonce, et reste muet lui aussi, les épaules affaissées, vaincu.

Clara tape avec sa cuillère dans sa purée, ça éclabousse partout autour de l'assiette, mais personne ne lui dit rien.

Quelques heures plus tard, ils sont sur le quai, dans les rafales de vent, à attendre avec elle, son père, sa mère, Clara. Lilou est à la fois pressée de fuir et déchirée à l'idée de les laisser. Mais les choses sont si figées entre eux, les émotions si pétrifiées, qu'elle n'est pas capable de leur montrer à quel point elle est triste, à quel point elle aimerait pouvoir les consoler. Ils restent sur le quai sans presque rien dire, les uns et les autres reliés par un fil invisible qui leur noue la gorge, et les empêche de parler.

Lilou veille à ce que Clara ne s'approche pas trop près des voies, puis l'aide à grimper sur les sièges en plastique vert pomme.

Le train arrive enfin. Sa mère l'embrasse avec des yeux embués et son père la serre contre lui à l'étouffer. Elle se penche vers Clara qui dépose deux bisous mouillés sur ses joues.

Pour sa petite sœur qui vit dans l'instant présent, c'est un jour normal. Elle a déjà oublié les cris, la porte qui claque. Lilou puise dans son regard la force de partir.

Le train s'ébranle. Lilou leur fait un signe de la main, puis elle se détache.

Alors que le train s'enfonce dans la nuit, elle appuie sa tête contre la vitre froide, le regard rivé sur la tablette repliée du fauteuil de devant.

Ce soir-là, elle a hâte de retrouver Toulon, ses entraîneurs, le gymnase, la souffrance.

Pas celle qu'on subit, celle qu'on contrôle et qui a un sens.

*

Trois semaines après que son médecin de famille lui a prescrit deux mois d'arrêt total, Lilou reprend le train pour Toulon.

8

Quand elle frappe au bureau des entraîneurs, elle a le cœur qui cogne.

– Tiens... salut ! lui lance Camilla, visiblement surprise. Tu viens nous dire bonjour ?

– T'es pas au courant ? s'étonne Philippe. Elle reprend...

– Bah... je croyais qu'elle était arrêtée deux mois !

– N-non, en fait, intervient Lilou, on m'a dit que c'était bon.

Camilla la soupèse du regard.

– Ah bon ? Ton médecin a changé d'avis ?

– C'est surtout que j'ai changé de médecin, explique Lilou. C'était mon médecin de famille, il n'a pas l'habitude du haut niveau... Mais j'en ai vu un autre qui a dit que c'était OK si je voulais reprendre...

– Ah, d'accord...

Elle paraît dubitative. Lilou attend, un nœud dans la gorge. Elle a peur, tout à coup, qu'ils ne lui laissent pas sa chance.

– Tu as conscience que c'est vraiment dur ? insiste Camilla. Tu as pris trois semaines de vacances, il va falloir rattraper... On est vraiment juste, là.

– Je vais mettre les bouchées doubles, affirme Lilou, le cœur vrillé.

– Moi, je crois que c'est jouable, dit Philippe à Camilla, avant de se tourner vers Lilou et de la fixer du regard.

– Par contre, il va falloir refaire le DEF[1]. Et vite.

Elle se force à sourire – ce n'est pas si difficile que ça, parce qu'au fond, elle est folle de joie qu'il lui fasse confiance. Mais sous la joie, il y a un gouffre, un océan de peur.

Le DEF, c'est sa marque de fabrique, son petit « plus », ce qui fait d'elle une gymnaste à part. C'est grâce au DEF qu'Émilie Le Pennec a remporté l'or aux JO d'Athènes, la seule médaille olympique de

1. Salto arrière tendu avec une vrille et demie et rattrapé de barre.

toute l'histoire de la gymnastique féminine française. Très peu de filles au monde l'ont tenté en compétition, une quinzaine peut-être, et actuellement, elle est la seule Française. Mais ces derniers temps, elle a fait plusieurs chutes et elle a perdu sa confiance.

– Bon, dit Camilla, tu n'oublies pas de passer voir le kiné d'abord, hein ?

– OK.

Elle n'avait pas pensé qu'il faudrait affronter le kiné du pôle, ses mains expertes, sa connaissance pointue des traumatismes de la gym.

Mais quand elle quitte le bureau, l'adrénaline court dans ses veines. Elle a hâte de reprendre.

Elle saute pour attraper la barre haute. Traction jambes à l'équerre. Et une, et deux, et trois...

Du coin de l'œil, elle voit deux des plus jeunes gym se diriger vers la poutre. Elles vont travailler la rondade suivie d'un tendu. Elles sont excitées et joyeuses tandis qu'elles aident à mettre en place le tapis en travers de l'appareil.

Comme tout était facile quand elle avait leur âge... Son corps était léger, une vraie brindille.

Et onze, et douze, et treize... Une crampe la saisit à la cuisse. Elle serre les dents. Quatorze, quinze...

La crampe devient trop forte, elle lâche et roule sur le tapis en mousse. Elle tire sur le muscle en grimaçant.

– Ça ne va pas ? demande Philippe.

Elle lève vivement la tête.

– Si, si…

– Attention, dit-il. Ne va pas trop vite. C'est le meilleur moyen de te blesser pour de bon. Et après, ce sera trop tard…

Elle acquiesce. Il a raison. Si elle veut se donner une vraie chance de revenir, il faut qu'elle soit plus patiente.

– Tu ne m'entendras pas dire ça souvent mais aujourd'hui, reste en dessous de ce que tu te sens capable de faire…

Elle sourit, et il lui sourit en retour.

– C'est le premier jour, insiste-t-il, il n'y a aucun enjeu. Y a rien de pire que de forcer à la reprise. Demain, t'auras une énergie au ras des pâquerettes et tu vas perdre trois jours. Crois-moi. T'as pas envie de perdre trois jours.

Elle redevient sérieuse.

– Non, dit-elle gravement.

– Alors, fais comme je te dis. OK ?

Elle hoche la tête. Il lui sourit à nouveau.

– T'en fais pas, on va vite monter en puissance.

Lorsqu'elles passent aux étirements de fin de journée, Camilla circule entre les filles, tire sur une jambe, redresse un bassin, mais elle intervient peu. Elle sait que les limites de ce que le corps est prêt à endurer sont plus grandes quand c'est une souffrance qu'on s'inflige soi-même. Alors elle fait confiance aux filles pour aller le plus loin qu'elles peuvent.

Toutes, ici, ont depuis longtemps appris à ne pas écouter leur corps quand il dit qu'il a mal, que c'est trop, qu'il n'en peut plus. On le leur ressasse depuis leur premier jour au pôle : si elles se plaignent, c'est qu'elles n'ont pas assez envie. Au contraire, la souffrance est un signal positif : c'est la preuve que le corps travaille. Si on ne souffre pas, c'est qu'on ne travaille pas assez.

Il est vrai que certains soirs, elles se maltraitent moins que d'autres – elles manquent d'énergie. C'est là que Camilla intervient, par une petite pique, pour qu'elles sachent que ce n'est pas passé inaperçu.

– C'est les vacances, aujourd'hui, Aline ?

Lilou n'a pas l'idée de se révolter. Elle vit la souffrance comme un incontournable, un passage obligé. Elle sait qu'elle en récoltera les fruits plus tard, alors elle serre les dents. Elle s'applique.

Parfois, elle éprouve même du soulagement à se faire du mal. Toute la journée, elle aurait aimé mieux réussir, voler plus haut, tourner plus vite, ne pas tomber à la poutre, ne pas avoir peur. Ses entraîneurs lui ont fait sentir que ce n'était pas assez, jamais assez. Elle s'est déçue, alors ça lui fait du bien de se punir un peu.

Ce soir-là, elle est si heureuse d'être là qu'elle ne sent presque rien. Quand, pour travailler l'écart, elle se penche sur sa jambe surélevée sur un tremplin, elle n'a pas vraiment l'impression d'avoir mal. C'est juste une sensation familière, rassurante.

L'envie d'aller à Rio lui fait tout supporter.

Elle pousse la porte du vestiaire, se laisse tomber sur le banc, passe rapidement ses mains sur son visage. Elle a chaud, elle a soif, la tête lui tourne légèrement. Malgré les conseils de Philippe, elle ne s'est pas ménagée.

Pour pouvoir revenir à Toulon, elle a menti à ses parents, elle a menti au médecin, elle a menti à ses entraîneurs, elle a menti au kiné. A-t-il douté ? Peut-être. Il connaît les filles comme elle.

– Et là, tu as mal ?

– Non.

Sa voix était inhabituellement tendue, même si elle faisait de son mieux pour avoir l'air naturel. Leurs regards se sont croisés.

– Sûre ?

– Sûre.

– Bon. Alors pour la première semaine, tu ne sollicites pas du tout ton talon, OK ? Muscu, barres, barres, muscu, OK ?

Elle a acquiescé, les yeux grands ouverts, trop grands, étirés au maximum, pour ne rien trahir du tumulte qui l'agitait.

– Après, tu redémarres doucement, toujours pas de sortie aux barres... t'y vas vraiment mollo sur les réceptions, OK ? De toute façon, je veux te revoir après-demain...

Elle était sortie de la séance presque euphorique. Elle allait pouvoir reprendre, la vie circulait à nouveau dans ses veines...

Aline et Oréane la rejoignent, l'une se laisse tomber elle aussi, l'autre boit au goulot d'une bouteille.

– C'est génial que t'aies pu revenir... j'étais tellement triste que tu puisses pas aller à Rio !

– C'est clair, acquiesce Oréane en s'essuyant la bouche du dos de la main. T'as plus mal ?

– Ça va...

– Les médecins, ils dramatisent toujours...

Les trois filles opinent. Lilou fait machinalement tourner sa cheville. Elle a mal, mais pas tant que ça. Normal, quoi.

Quand elle est arrivée, hier soir, chez Gloria, sa logeuse, celle-ci l'a serrée dans ses bras.

– Ça fait plaisir de te revoir !

Elle est infirmière, sa fille a été gymnaste, mais elle est grande maintenant, elle a quitté la maison. Gloria loue sa chambre pour arrondir les fins de mois.

La chambre, sous les toits, donne sur l'arrière du jardin du voisin, une pelouse rase avec un portique désaffecté. Lilou s'y est toujours sentie bien, protégée, même s'il faut faire attention à ne pas se cogner la tête en sortant du lit.

Aline a le sien à l'autre bout, elles ont chacune un petit bureau, une penderie pour les vêtements. Elles ont fait la déco ensemble : des posters de Simone Biles, d'Aly Raisman, d'Émilie Le Pennec, et puis des filles de l'équipe de France d'aujourd'hui, celles de Toulon et celles d'ailleurs, Loan, Oréane, Marine. Il y a aussi des photos des derniers championnats du monde, à Glasgow, où elle a décroché le bronze aux barres.

C'était en octobre, et ça lui paraît tellement loin...

Après une douche rapide, Lilou n'arrive même pas à finir le texte qu'elle doit lire pour le lendemain. Elle s'endort exténuée, mais apaisée.

9

Pendant les premières semaines, Lilou se lève facilement, portée par un élan intérieur renouvelé. Le souvenir des matins vides est encore vif. S'être approchée si près des Jeux et avoir failli les perdre agit comme un coup de fouet sur son moral et sa motivation.

Alors elle met les bouchées doubles et elle retrouve son niveau plus vite qu'elle ne l'aurait cru. Elle se sent même plus sûre, plus décidée, et le double carpé, au sol, dont elle maîtrisait mal la réception, est devenu un jeu d'enfant. Elle qui était souvent un peu trop haut ou trop bas atterrit maintenant dans un timing parfait, ce qui lui permet de faire porter l'essentiel de son poids sur le pied gauche.

Seule ombre au tableau, le DEF. Elle l'a soigneusement évité, et redoute profondément le moment où il faudra l'affronter. Jusque-là, Philippe a attendu, patiemment. Mais ce matin-là, le voilà qui lui lance avec un sourire :

– Bon, alors... On l'attaque quand, ce DEF ?

– Je me sens pas prête, murmure-t-elle.

C'est rare qu'elle avoue un moment de faiblesse, ça ne lui ressemble pas. Mais Philippe ne s'y arrête pas.

– Tu seras jamais prête, rétorque-t-il. Tu le sais, non ?

Elle inspire fort.

– Tu serais où, aujourd'hui, si t'avais attendu d'être prête ? Hein ?

Elle ne répond pas.

Heureusement, elle commence par le sol avec Camilla. Depuis qu'elles préparent les Jeux, elles réalisent chaque jour leur mouvement, pour se mettre en condition. Ses deux premières diagonales se passent merveilleusement bien, mais à l'arrivée de la dernière, elle atterrit trop bas, ses chevilles ploient, provoquant une onde de douleur. Elle tombe en avant, amortit sa chute avec les mains, puis roule sur le dos.

– Lilou, c'est quoi, ça ? s'exclame Camilla, incrédule.

Lilou inspire profondément pour chasser la douleur, qui ne passe pas. Ça remonte dans son mollet, comme une traînée de poudre.

– Allez ! s'impatiente l'entraîneuse. Debout ! On n'est pas à la plage !

Lilou se redresse, assise, et se masse le mollet en enfonçant les doigts dans le muscle.

Camilla s'approche.

– Qu'est-ce qui se passe ?

– J'ai mal, avoue-t-elle, lèvres serrées, refoulant les larmes.

Elle n'arrive pas à trouver la force de se lever et ça lui fait peur.

– C'est parce que tu t'es arrêtée trois semaines. Tu as pris du poids, ça sollicite plus tes articulations, c'est normal.

Lilou acquiesce, pétrie de honte. Elle se sent grosse, une grosse bouse étalée par terre, elle se déteste.

– C'est rien, Lilou, ça va passer.

Elle se lève.

– Allez, reprend Camilla. Refais-moi ta diagonale et termine ton mouvement.

Ce jour-là encore, elle échappe au DEF. Une fois n'est pas coutume, elle dit à Philippe qu'elle a fait une chute au sol et que sa douleur à la cheville l'inquiète, qu'elle préfère ne prendre aucun risque. Il l'écoute d'un air dubitatif.

– Tu es sûre que c'est pas une mauvaise excuse que tu te donnes ?

– Sûre, dit Lilou, la gorge nouée.

– OK.

Elle sait qu'il est déçu, mais elle se répète que ce n'est qu'une question de temps, qu'elle va y arriver.

À peine rentrée, elle s'enferme dans la salle de bains, retire son pull et son jean, et monte sur la balance. 51. Les petits chiffres orange la narguent. Nulle. Grosse. Ratée.

À table, elle ne mange que les haricots, refuse le poulet, le dessert.

– Tu picores comme un oiseau, ce soir ! s'exclame Gloria.

– J'ai pas faim, dit-elle.

– Bon, dit Gloria.

Elle sait que les filles surveillent leur poids, c'est normal, elle n'insiste pas.

Au moment de se coucher, la faim lui cisaille le ventre. Ça la rassure, elle est sur la bonne voie.

En revanche, elle ne comprend pas la sensation d'angoisse qui l'habite. Elle n'arrive pas à trouver le sommeil.

*

Elle se pèse au réveil, avant son petit déjeuner. Elle n'a perdu que cent grammes pendant la nuit. Elle se jette un regard de dégoût dans le miroir en pied accroché au mur. Elle est fine, pourtant, fine et musclée, même si elle a des épaules solides. Mais elle déteste ses taches de rousseur, son visage trop sérieux, et surtout, elle se trouve grosse, une vraie baleine.

Ce matin, elle se contentera d'un verre de lait et d'un fruit, tant pis pour les tartines.

– Tu vas avoir faim, tente Gloria.

– Non, ça va.

– Il faut que tu manges le matin, ma puce.

– Je te jure que ça va !

Gloria secoue la tête d'un air désapprobateur, mais laisse tomber. Après tout, ce n'est pas sa fille. Et Lilou est têtue, elle l'a déjà constaté.

– Tu dois perdre combien ? lui demande discrètement Aline.

– Deux kilos.

– Tu vas y arriver.

Elle lève le pouce. Lilou sourit. Elle a encore faim de la veille, elle essaie de ne pas y penser.

Si on ne pense pas à quelque chose, ça n'existe pas. C'est comme pour la douleur, ou pour les mauvais souvenirs.

Elle a les mains blanches, couvertes de magnésie. Ses doigts sont rouges et légèrement gonflés. Elle fixe la barre.

Quand elle se concentre, le monde autour disparaît. Même la musique du sol à côté, elle ne l'entend plus. Les voix s'estompent. Elle est seule dans un monde tout petit, intérieur, où il n'y a pas de place pour des pensées, juste l'image de la barre devant elle, et les mouvements de son corps qu'elle prévisualise, sans mot.

Elle se lance. Ses mains saisissent la barre, son corps fend l'air, gainé, tonique. L'adrénaline court dans ses veines. Elle lâche, virevolte sur elle-même, rattrape la barre supérieure, allemande, la voilà en appui là-haut. Brève pause, elle redouble de concentration avant de monter à l'équilibre, et c'est parti pour un soleil, elle tourne, tourne, tourne autour de la barre. La vitesse augmente, son corps fouette l'air, le sang lui monte à la tête. Puis elle envoie ses pointes piquer vers le plafond et quand elle est au plus haut, elle lâche et s'envole. Il n'y a qu'à rentrer le menton, à écarter légèrement les genoux pour tourner plus vite. Le reste, son corps sait tout seul. Elle atterrit sur le tapis mou, elle s'est déployée trop tôt, elle bascule en avant, fait un grand pas pour retrouver son équilibre.

– Moins 0,30, commente Philippe.

Elle peste intérieurement, s'inflige mentalement un petit coup de couteau. « Nulle ».

Elle avale sa salive, prend une brève inspiration pour se ressaisir, pour refouler l'émotion qui, de toute façon, est déjà contrôlée et ficelée à l'intérieur. Sans attendre, elle reprend sa position de départ, fixe la barre, le visage dur, intense. Elle attend juste que sa respiration se calme un peu, et elle repart.

Quand elle a fini sa série de dix, Philippe s'approche d'elle.

– C'est un peu mou, mais c'est pas si mal.

Il laisse passer un silence, puis ajoute :

– Par contre, Lilou...

Elle se tourne vers lui.

– Me regarde pas avec ces yeux de biche, tu sais bien qu'il va falloir le faire, ce DEF. Je vais être clair avec toi, Lilou. Sans le DEF, tu la gardes pas, ta place dans l'équipe...

– Je sais, dit-elle la gorge nouée (en vérité, elle ne s'était jamais formulé les choses comme ça).

– Alors ? On y va ?

Elle prend une profonde inspiration, tandis que son cœur se met à battre la chamade.

– On y va.

Elle enduit longuement ses maniques de magnésie.

Elle sait que Philippe la regarde. Il ne la quitte pas des yeux. Mais plus les secondes s'égrènent, plus la peur lui tord le ventre.

Elle grimpe sur le plateau pour gagner la barre supérieure.

Dans sa tête, c'est le noir.

Au bout d'une interminable minute, elle secoue la tête.

– Je peux pas.

– Réfléchis pas, ordonne-t-il. Plus t'attends, plus ça va être dur.

Elle reste immobile, figée. Elle essaie de se représenter mentalement ce qu'elle va faire, mais impossible. La petite machine à visualiser s'est cassée.

– Je n'arrive pas à le « voir » ! proteste-t-elle d'une voix paniquée.

– C'est pas grave. Ta tête bloque. Mais ton corps, lui, il sait.

Elle ne bouge toujours pas.

– Lilou, s'impatiente Philippe, tu sais bien que je te ferais pas faire un truc dangereux. Alors, vas-y, fais-moi confiance.

Confiance au point de se jeter dans le vide, à l'aveugle, sans savoir ce qui va se passer ? Est-ce qu'elle lui fait vraiment confiance *à ce point-là* ? Elle sait qu'elle n'a pas le choix, alors elle évite de se poser la question. Elle bloque toute émotion en elle. Et démarre.

Son corps sait, c'est vrai, mais la peur le paralyse. Elle lâche trop tôt, ne s'envole pas assez haut, ses tibias heurtent la barre de plein fouet, elle tombe.

De douleur, elle serre ses genoux contre sa poitrine et ferme les yeux.

Philippe attend qu'elle se soit remise.

– C'est bien, approuve-t-il. Tu as lâché, c'est l'essentiel.

Elle se relève. Elle a mal, mais elle s'en moque.

– C'est bien, Lilou, répète-t-il. Tu es sur le bon chemin !

Elle ne lui sourit même pas. Elle remonte. Elle tremble un peu, mais elle ne veut pas s'en apercevoir. Elle sait qu'il faut recommencer, vite. Ses yeux fixent le matelas au sol, mais ne le voient pas. Elle est totalement concentrée. Un bref élan, et elle monte à l'équilibre. Cette fois, elle va réussir. Elle le veut de toutes ses forces. Un soleil. Un deuxième. Elle lâche. Elle est présente à tout ce qui se passe, attentive, concentrée. Philippe a raison, son corps sait ce qu'il doit faire.

Elle tourbillonne dans les airs, et ses mains rattrapent la barre, comme par magie.

Traversée par une joie intense, elle se laisse souplement retomber sur le sol. L'entraîneur et l'élève échangent un sourire triomphal.

– Super ! Je suis fier de toi.

Lilou boit ses paroles. S'il est fier d'elle, c'est qu'elle n'est pas encore à jeter à la poubelle.

*

Le lendemain, pourtant, Lilou a du mal à se lever. Elle ne comprend pas, alors que tout semble aller comme sur des roulettes, pourquoi.

Pourquoi ce poids mort en elle.

Elle ne se rend pas compte à quel point, ces dernières semaines, elle a tiré sur son ressort intérieur, qui avait déjà perdu une bonne partie de son élasticité. Elle ne comprend pas non plus, elle n'en a aucune conscience, la violence émotionnelle qu'elle a subie la veille. Une fatigue intense engourdit ses membres, qui pèsent plus lourd que du plomb. Face au miroir de la salle de bains, elle se trouve pâle, les traits tirés. Elle s'éclabousse d'eau fraîche, se donne une gifle sur chaque joue, puis se regarde et se fixe dans les yeux. « Tu vas y arriver. Tu vas y arriver parce que tu dois y arriver. »

Au petit déjeuner, Gloria est déjà occupée à nettoyer sa cuisine. L'odeur du spray M. Propre mélangé au goût du chocolat chaud dans sa bouche lui donne envie de vomir.

Dans le bus, comme chaque matin, elles sont debout face à face. Aline n'a pas l'air très réveillée, et ça rassure Lilou. Tout est normal, l'énergie va revenir quand elle va commencer à s'échauffer. Elle ferme les yeux, essaie d'inspirer avec le ventre, mais ça ne marche pas, ça n'a jamais marché avec elle. La détente, ce n'est pas son truc. Alors elle regarde le paysage par les fenêtres, les rues qui défilent.

10

— Je te reconnais plus, qu'est-ce qui se passe ? Elle ne sait pas répondre, elle ne comprend pas elle-même pourquoi elle manque autant d'énergie.

Elle a eu beau perdre du poids, plus les jours passent, plus elle a l'impression que son corps est lourd, massif, pataud.

– Les championnats d'Europe sont dans une semaine, Lilou. Tu veux voir tes copines partir à Rio et rester devant ta télé ?

Elle reste silencieuse. Ce n'est pas une vraie question, il n'y a pas besoin de répondre.

– C'est toi qui dois vouloir, Lilou. Moi, je peux pas vouloir à ta place. Si t'as pas l'envie, c'est pas la peine d'insister.

Elle ne comprend pas comment il peut l'accuser de ne pas vouloir, alors qu'il la connaît si bien. Il devrait savoir qu'elle fait toujours son maximum, non ?

Alors qu'elle s'enduit à nouveau les mains de magnésie, Philippe s'approche d'elle.

– Un peu plus d'effort dans les fouets. Pousse à fond dans les bras, d'accord ? Et deuxième soleil, je pousse, je laisse monter la sortie. OK ?

Elle hoche la tête. Elle se sent fatiguée, elle a envie de rentrer à la maison et se glisser sous la couette. Elle ne comprend pas ce vide qui s'insinue en elle, ce vide qui aspire sa force vitale.

– Tu vas y arriver, chuchote Aline.

Lilou cligne des paupières. La main d'Aline se pose sur son épaule.

– T'es la plus forte, Lilou. Tu te rappelles, à Glasgow, l'année dernière ? T'avais de la fièvre... tu te rappelles quand tu t'es réveillée ?

Elle hoche la tête. Oui, elle se rappelle. Elle a cru qu'elle n'y arriverait jamais. Et pourtant, au moment de se présenter aux juges – en finale aux championnats du monde ! –, elle ne ressentait plus rien qu'une farouche volonté de tout déchirer.

Et ça avait marché.

Elle avait fini troisième. Médaille de bronze aux barres asymétriques, grâce à ce fameux DEF qu'elles étaient si peu au monde à réussir. Interview au journal de 20 heures. Quelques minutes à peine. Mais la télé locale était venue chez eux et avait filmé l'appartement, avait interviewé ses parents, et puis son entraînement aux barres avec Philippe.

Peut-être qu'Aline a raison, le miracle va se reproduire. Peut-être qu'il suffit d'y croire.

Elle passe machinalement la main sur son tendon douloureux. Elle se gave d'ibuprofène, bien au-delà des limites autorisées. Elle est même obligée d'aller dans différentes pharmacies pour qu'on ne lui pose pas de questions. Mais elle se dit que ce n'est pas pour longtemps – les Jeux sont dans deux mois et demi. Après, il sera bien temps de se soigner pour de vrai.

*

Il y a des jours où ça va à peu près.

*

– Tu veux pas de mon gâteau à l'orange ? T'es sûre ?

– Sûre.

Gloria la dévisage avec suspicion.

– Toi qui l'aimais tellement…

– Je sais pas… j'ai plus faim. Je suis désolée…

Lilou se sent nulle de lui faire de la peine. Elle déteste ça. Mais elle tient bon. Demain, c'est le jour de la visite médicale, avec sa pesée obligatoire. Elle ne peut pas prendre de risque.

Gloria se résigne, et se sert une petite part à elle-même pour se consoler.

– C'est bientôt les championnats d'Europe, intervient Aline. Ça la stresse…

– Qu'est-ce que c'est, les championnats d'Europe, les titille Gloria. Dans deux mois et une semaine, vous partez à Rio !

– Justement, dit Lilou, sérieuse. Ça dépend des résultats qu'on va avoir…

– Mais tu vas la décrocher, ta sélection… proteste Gloria. T'es une des meilleures !

– Ça ne suffit pas toujours, fait remarquer Aline de sa voix posée.

– Sérieux ? Ils pourraient ne pas la prendre ?

Aline se mordille la lèvre.

– C'est comme ça… Il y a toujours une part de chance…

Lilou acquiesce. Le jour où elle a décroché la médaille de bronze aux mondiaux, la tenante du titre, américaine, était absente car blessée, et la favorite russe avait fait une chute complètement improbable.

Même Nadia Comaneci est tombée aux barres à Moscou en 1980, après avoir été la reine du monde quatre ans plus tôt. La perfection, c'est pour Dieu, avait dit le commentateur sportif. Il avait raison. Les gymnastes ne sont pas Dieu. Les gymnastes tombent. C'est la dure loi de la gym. Ça peut jouer en votre faveur et ça peut jouer contre vous.

C'est pour ça que rien, jamais, ne peut vous rassurer.

*

– T'as de la famille du côté des hippopotames ? lui demande le médecin.

Il ne lui laisse pas le temps de répondre.

– Je rigole. Mais ça serait bien de perdre deux-trois kilos, là...

Lilou se fige.

– Deux-trois ? parvient-elle à bredouiller.

– Bah...

Il regarde la courbe sur son livret.

– T'as vraiment épaissi, depuis Glasgow... Alors, à ton âge, c'est pas anormal, mais... C'est toi qui vois... tu veux être une championne ? C'est un choix, quoi.

Elle hoche la tête. Il referme le livret et plonge son regard dans le sien.

– Tu sais qu'en gym, la légèreté, c'est la clef.

– Oui, murmure-t-elle.

– Alors, au boulot ! s'exclame-t-il dans un sourire. T'as des vraies chances, Lilou. Ça serait con de tout bousiller pour deux kilos, non ?

– Si.

Il lui tend son livret. Elle remercie, puis sort de la salle de consultation et referme la porte.

À l'entraînement, cet après-midi-là, elle enchaîne chute après chute. Elle ne comprend pas, c'est une véritable malédiction.

Inéluctablement, Philippe se tend.

– Je fais ce que je peux ! se défend Lilou, à bout de forces.

– J'en suis pas sûr, rétorque-t-il.

Elle déteste cette voix froide et sèche, elle n'est pas habituée. Elle se sent minable. Et puis elle a peur. Peur de ne pas être à la hauteur, de ne pas y arriver.

Elle lève les yeux vers la barre, plie les genoux, saute, et la voilà qui repart, enchaîne, tourne, pivote, balance, lâche, rattrape. Sa tête est vide, elle est à moitié là. La rage. La détestation. Voilà ce qui, ce jour-là, remplace le plaisir et la concentration. Et elle lâche, et rattrape, et virevolte, bing, le tibia dans la barre, pas grave, qu'est-ce que c'est, un bleu ? Sa main dérape, lâche la barre du haut, elle s'écrase sur les tapis l'épaule en premier, puis c'est la tête, et le reste suit.

La rage se transforme en désespérance.

– C'est quoi, ce délire, Lilou ?

Elle se redresse, se masse l'épaule sans répondre, sonnée.

– Tu te rends compte le temps que j'ai passé avec toi depuis un mois ?

Elle ne comprend pas. Jamais Philippe ne lui a parlé comme ça. Son ventre se tord.

Il pose sur elle un regard incisif, révolté.

– Il faut que tu te ressaisisses, Lilou. Je ne vois pas une gagneuse, là !

Elle hoche la tête, les yeux écarquillés. Se ressaisir, elle ne désire rien tant que ça. Mais comment ?

– Je vais le faire, chuchote-t-elle.

– Je ne sais pas ce qui se passe, mais tu es en train de te saborder. Ce week-end, profites-en pour réfléchir. C'est nul de lâcher maintenant. C'est nul, nul, nul.

Il fait un geste de la main.

– C'est pas la peine qu'on continue, là. Je pense que t'es d'accord ?

Elle voudrait dire « non ». « Non, tu vas voir, tout ce que j'ai encore en moi, que tu ne soupçonnes même pas... » Mais elle hoche la tête, assommée.

Le nez lui pique. Elle refoule l'envie de pleurer.

*

La cuisine est déserte. Mue par une impulsion irrépressible, elle traverse la pièce, ouvre le placard et attrape le paquet de céréales. Elle plonge la main dans le sac et elle mange, très vite, sans réfléchir, elle mange avec ses deux mains et à chaque bouchée une petite voix chuchote : « Nulle. T'es nulle. T'es trop nulle. » Elle sait qu'elle se fait du mal, mais elle en a besoin, elle ne peut pas faire autrement.

La porte d'entrée s'ouvre. Trop tard. Gloria la voit avec le paquet dans les mains. Elle fronce les sourcils.

– Tu sais que je suis d'accord pour que vous vous serviez dans les placards, Lilou, mais pas juste avant le repas... il est sept heures et demie, là... tu vas rien manger, après...

– Je suis désolée, balbutie Lilou en se levant.

Elle range précipitamment le paquet et referme la porte du placard. Gloria s'avance et pose son sac à main sur la table.

– Tu comprends, moi, je me fatigue à vous préparer des bons petits plats...

– Je sais, la coupe Lilou, au bord des larmes. Je suis désolée...

Leurs regards se croisent.

– Si t'as vraiment faim, tu devrais manger des choses plus saines... je sais pas, un yaourt, un fruit...

– Oui, dit Lilou, qui n'a qu'une envie : fuir.

Gloria n'insiste pas. Lilou s'éclipse et monte l'escalier sur la pointe des pieds. Elle s'enferme dans les toilettes et enfonce ses doigts dans sa gorge. Ça marche. Elle recrache les céréales aussi vite qu'elle les a englouties.

Ouf. Toutes ces calories qu'elle a failli ingérer. Elle est soulagée, mais elle se sent pathétique. Minable. Une ratée. Même pas capable de s'empêcher de manger. Est-ce qu'elle veut y aller, à Rio ?

Elle s'essuie la bouche et tire la chasse. Dans la chambre, Aline, qui lit tranquillement sur son lit, lui sourit.

– Ça va ?

– Ça va.

– T'es sûre ? T'as une drôle de tête...

– Je suis fatiguée, se défend Lilou.

Elle s'allonge sur son lit et se tourne vers le mur. « Tu vas y arriver », se répète-t-elle. Elle n'a pas le choix. Mais tout en elle est amorti, assourdi, émoussé. Elle a beau se parler mal, s'insulter, se détester, ça réagit à peine à l'intérieur.

« Où est-ce que j'en suis », songe-t-elle. Ce n'est pas la première fois qu'elle se fait vomir, en réalité. Ça lui est arrivé à Glasgow, mais aussi à Montpellier, aux championnats d'Europe l'année dernière. Et depuis, quand elle se déçoit trop, ça la reprend. « Trop de stress, pense-t-elle. C'est pas grave, ça va passer. » Elle ferme les yeux. « Tu vas y arriver, tu vas y arriver, tu vas y arriver. » Mais ce sont des mots creux, des mots qui ne font pas plaisir et qui ne réveillent rien. Aucune étincelle. Et au fond d'elle, une peur grandissante : que va-t-il se passer si elle n'y arrive pas ?

*

Quand elle monte dans le train, pour la première fois, elle est soulagée de quitter Toulon. La semaine a été trop dure. Elle se laisse tomber sur le fauteuil vert et bleu. Assez vite, elle appuie le front contre la vitre froide. Ses yeux fixent le vide.

Les images de l'entraînement la hantent. La voix de Philippe. « C'est quoi ce délire, Lilou ? » Jamais il n'a été aussi fâché contre elle.

Ce qui l'étonne, c'est qu'elle n'a même plus envie de se battre. Plus envie de lui prouver qu'elle vaut la peine. Et c'est peut-être le plus terrible. Elle ne se reconnaît pas. Ça lui fait peur.

« C'est juste la fatigue », se répète-t-elle. Elle a appris, depuis toute petite, à ne pas écouter la petite voix qui geint, celle qui voudrait qu'on la console et qu'on la prenne dans ses bras comme un bébé. Ça fait longtemps qu'elle n'a plus le droit d'être une enfant.

Alors, qu'est-ce qu'il lui arrive ?

Elle ferme les yeux et, épuisée, s'endort.

À la maison, elle fait tout pour que cela ne se voie pas, elle ne veut pas inquiéter ses parents. Les championnats d'Europe sont dans trois jours. Elle sent qu'ils sont nerveux, même s'ils ne disent rien. Trop de petites attentions, trop de contrôle dans la voix. À son arrivée samedi, sa mère lui a fait son plat préféré, un gratin dauphinois.

Elle lui a demandé si elle avait bien mis de la crème allégée. « Bien sûr », lui a répondu sa mère. Malgré sa résolution, elle a trop mangé, elle n'a pas pu résister, elle s'est resservie.

– Tu es sûre ? s'est étonnée sa mère.

Après le repas, elle s'est fait vomir.

On frappe à la porte de sa chambre. La tête de sa mère passe par l'entrebâillement.

– On part marcher dans l'arrière-pays, tu viens ?

– Je sais pas, soupire-t-elle. Je me sens fatiguée...

– Ça te changera les idées, insiste sa mère. On ne va pas faire une grosse balade...

Elles échangent un regard. Lilou sent que sa mère s'inquiète. Il faut la rassurer. Elle cède.

– OK...

Sa mère sourit.

Dans la Scénic familiale, Clara chantonne pendant tout le trajet. La même phrase en boucle. Lilou sait qu'elle fait ça quand elle est anxieuse. Mais ce jour-là, ça l'exaspère. Comparée à la sienne, la vie de Clara lui paraît facile, ultra-protégée. Et c'est à elle, Lilou, de prendre sur elle et de supporter son stress.

Elle regarde le paysage défiler par la vitre, les barres HLM alignées en oblique, les paraboles à tous les balcons, le linge coloré qui sèche au soleil, puis elles sortent de Nice et s'enfoncent dans l'arrière-pays, au milieu des petites montagnes sèches.

Elles s'arrêtent au milieu d'une pinède. Clara bondit dehors et saute sur place. Elle adore se promener en pleine nature, sans personne. Lilou s'extrait de la voiture. Elle se sent lourde, la tête lui tourne légèrement.

Au début, elles ne parlent presque pas. Elles s'arrêtent souvent, parce que Clara observe les cailloux du chemin, les scarabées, les gendarmes, les brindilles.

– Ça s'est passé comment, tes derniers entraînements ? demande sa mère.

La question lui noue le ventre.

– Pas terrible, reconnaît Lilou.

Sa mère ne dit rien.

– Je ne sais pas ce qui se passe, reprend-elle, avec l'espoir que sa mère la comprenne et la soutienne. Je... j'ai l'impression que je n'arrive pas à me remobiliser...

– C'est un petit passage à vide, dit sa mère. C'est normal qu'à certains moments, tu sois fatiguée... on ne peut pas être à fond tout le temps...

– Je sais pas, dit-elle, soudain au bord des larmes. Je n'y arrive vraiment pas.

– Ne t'inquiète pas, Lilou. Le jour de la compét', ça va revenir.

Lilou sent que la discussion est dans une impasse. Sa mère ne veut pas entendre qu'il y a un problème, que ce n'est pas un petit passage à vide, mais quelque chose de plus profond. Elle sait bien, elle, que ce n'est pas un passage à vide. La fatigue, elle connaît. Les moments de découragement, elle connaît. Mais ça, non, elle ne connaît pas.

Elles marchent en silence.

– Donne, dit Clara.

Lilou baisse les yeux. Sa sœur lui tend trois petits bouts de bois.

– Qu'est-ce que tu veux que j'en fasse ? proteste-t-elle, agacée.

– Cadeau, insiste-t-elle.

Lilou n'a pas le courage de lui expliquer que ça ne l'intéresse pas. Elle prend les petits bouts de bois et les glisse dans sa poche.

– Merci, dit-elle sans le penser.

11

À peine est-elle arrivée dans le gymnase, le lendemain, que Philippe l'appelle. Il plante sur elle un regard grave.

– Écoute, Lilou, je sais que tu ne vas pas bien le prendre, mais crois-moi, c'est mieux pour toi.

Un frisson glacé la parcourt. Les pensées se bousculent dans sa tête. C'est fini. Ils ne veulent plus d'elle, ils ne croient plus en elle...

– Tu ne vas pas partir à Berne.

Elle hoche lentement la tête. L'émotion est si forte qu'elle paralyse tout à l'intérieur.

– C'est mieux de te réserver pour les France. Ça ne met pas en cause ta sélection aux JO. T'as ton passé pour toi. Si tu fais un bon résultat aux France, tu seras sélectionnée pour Rio. OK?

Elle hoche à nouveau la tête, les yeux écarquillés. Elle n'arrive pas à savoir si c'est une bonne ou une mauvaise nouvelle. Il lui serre l'épaule. Pour la consoler. Donc, c'est une mauvaise nouvelle.

Elle revient lentement vers le banc, sur le côté, et se baisse pour attraper sa bouteille d'eau, puis elle boit longuement. C'est étrange. Elle est à la fois déçue, et soulagée. Mais très vite, l'inquiétude revient, plus forte que jamais. Est-ce que Philippe y croit, quand il dit qu'elle sera prise pour Rio ? Ou cherche-t-il seulement à la ménager ?

Elle serre les lèvres et regarde autour d'elle, cherchant un point d'ancrage dans sa panique. Aline court vers le cheval, rondade, elle s'envole, son corps tendu effectue une rotation parfaite, mais trop rapide. Elle tombe en arrière, se relève, se frotte le bas du dos comme pour effacer la trace de la chute, revient à son point de départ, les sourcils froncés. Leurs regards se croisent. Aline lui fait un clin d'œil. Lilou ressent un pincement au cœur, elle lui répond d'un petit signe de la main, puis elle quitte la salle, elle a besoin de respirer.

Dehors, le parking est presque désert. Il fait doux en ce début juin, les lauriers roses sont déjà en fleurs, mais Lilou ne les voit pas.

Elle ne va pas à Berne. Ses parents vont être déçus. Le soulagement, pourtant, est là, il n'a pas disparu. Ça lui laisse deux semaines de répit avant le championnat de France Élite à Mulhouse. Deux semaines pour se rassembler, retrouver des forces. Elle inspire profondément. Elle va y arriver.

Machinalement, elle arrache une fleur de laurier.

*

Les deux semaines s'écoulent dans un brouillard épais, la peur au ventre, la peur comme unique moteur. Il s'agit de ne pas gâcher sa chance, de ne pas jeter à la poubelle, pour un petit « passage à vide », dix ans de travail acharné. Dix ans à se coucher tous les soirs en pensant à la gym, à se réveiller en pensant à la gym. Elle alterne entre moments de grande confiance et d'immense vulnérabilité, des moments où elle s'affame et d'autres où elle se bâfre, des moments où elle se hait, et d'autres où l'espoir renaît.

Pendant deux semaines, Philippe ne la lâche pas, l'obligeant à remonter sur la barre même quand elle tient à peine debout.

– Je veux que tu sois capable de faire ton DEF en pleine crise de somnambulisme.

Et ça réussit. Elle n'a plus peur de lâcher, elle n'y pense même pas, tout se fait presque en dehors d'elle, tant les réflexes se sont ancrés profondément dans son corps.

Elle ne travaille pas autant les autres agrès, ce qui l'arrange, car ça lui permet de ménager sa cheville toujours douloureuse. Elle ne tentera pas de nouvelles difficultés sur ce championnat, elle essaie de se dire qu'il ne peut pas y avoir de problème.

Le dernier soir, Philippe la prend à part.

– Tu peux avoir confiance, lui dit-il. Si tu n'es pas sélectionnée pour les JO, moi je démissionne.

Elle sourit.

– Ce que j'ai vu ce soir, franchement, ça vaut une médaille d'or à Rio. Faut que tu le saches, Lilou. Tu peux être fière de toi.

Des larmes lui montent aux yeux. Elle se mord les lèvres.

Il lui donne une petite tape sur le haut du bras.

– Allez, va dormir, championne. Tu l'as mérité.

Elles se retrouvent avec Aline dans les vestiaires. Assise sur le banc, elle appuie les coudes sur ses jambes, les mains sur le front.

– Ça va ?

– Fatiguée, avoue Lilou.

Aline passe le bras autour de ses épaules et l'embrasse sur la joue. Elle ne dit rien, elle n'a pas besoin.

*

Le gymnase n'est pas immense, rien à voir avec les championnats d'Europe ou du monde, les annonces sont en français et les gradins à moitié remplis.

Ses deux parents sont là. Son père, bien sûr. Depuis son entrée au pôle, il n'a raté aucune compétition, même la plus insignifiante. Sa mère ne vient qu'aux compétitions qui se passent en France, parce que c'est compliqué de voyager avec Clara, qui ne supporte pas le moindre changement dans sa routine quotidienne. Et même quand elle vient, la plupart du temps, elle ne reste pas longtemps dans les gradins, parce que le bruit des haut-parleurs et les applaudissements paniquent Clara.

Lilou aimerait qu'elle la confie à quelqu'un. À tata ou à la voisine. Mais elle n'ose pas le dire, ni même se l'avouer. Car comment s'avouer qu'elle a honte de sa sœur ?

C'est un sentiment horrible, qui l'embarrasse et la culpabilise, mais depuis toujours, elle déteste quand ses parents viennent la voir à la fin d'une compétition et qu'ils déboulent dans les vestiaires avec Clara. Les autres les regardent. Pas avec envie. Avec étonnement, incompréhension. Parce qu'à onze ans, elle parle encore très peu. Parce qu'elle saute et secoue les mains d'une façon bizarre. Parce qu'elle sature dès qu'il y a trop d'éclats de voix, trop de rires. Trop de vie. Et il y a toujours de l'animation dans les vestiaires, après une compétition. Alors pourquoi ses parents continuent-ils à l'amener ? Oui, pourquoi ne la laissent-ils pas à tata, qui l'adore ?

Lilou sait qu'elle ne devrait pas ressentir ces sentiments-là, c'est injuste, minable. Clara n'a pas demandé à venir au monde avec ces difficultés, elle souffre assez comme ça. Alors Lilou enfouit son ressentiment au plus profond d'elle-même, elle a honte d'avoir honte.

Mais ce jour-là, exceptionnellement, Clara n'est pas là, et tandis qu'elle enfile son justaucorps blanc avec un dégradé bleu en étoile, Lilou s'en réjouit secrètement. Sa mère va pouvoir la regarder d'un bout à l'autre. Bien sûr, elle regarde toujours les vidéos, plus tard, mais ce n'est pas pareil.

Après avoir pulvérisé du spray sur ses fesses pour que le tissu du justaucorps adhère à sa peau, elle s'inspecte dans le miroir des vestiaires et lisse du plat de la main ses cheveux impeccablement tirés, noués en chignon sur le haut de sa tête. Elle a rajouté des barrettes pour s'assurer qu'aucune mèche ne s'échappe.

Aline lui a dessiné un discret trait noir sous les yeux, elle a du mal à se reconnaître. C'est elle et ce n'est pas elle. Pour être sincère, elle n'a pas tout à fait l'impression d'être elle-même depuis ce matin. C'est une sensation étrange, qu'elle ne saurait pas décrire. Comme si quelqu'un avait pris sa place.

Oui, comme si celle qui voulait cette place à Rio était quelqu'un d'autre, et qu'elle-même s'était retranchée tout au fond, tapie dans l'ombre. La Lilou qui a peur, celle qui n'en peut plus et qui n'a plus envie de rien, pour ne plus laisser la place qu'à la Lilou gagneuse.

Philippe revient avec l'ordre de rotation. Elles commencent par la poutre, l'agrès le plus aléatoire en compétition, celui où on perd facilement ses moyens, parce que la concentration y joue un rôle essentiel.

Elle ne veut pas voir ça comme un mauvais signe.

– Allez, tu tombes jamais, la rassure Aline. Moi, par contre...

– Arrête, c'est toi la meilleure à la poutre ! proteste Lilou. Je parie que tu vas finir première !

– Chiche ! dit Aline.

Elles se tapent dans les mains, et se regardent dans les yeux. Aline n'a pas réussi les championnats d'Europe aussi bien qu'elle l'espérait, elle est repartie sans médaille, même à la poutre, mais elle a terminé septième au concours général, elle est sûre d'être sélectionnée pour Rio.

Lilou est la deuxième à passer. Ce n'est pas une place prestigieuse mais ce n'est pas plus mal, elle n'aura pas à attendre longtemps.

Tandis qu'Anaïs se produit devant le jury, elle sautille sur le côté et répète quelques mouvements, histoire de ne pas se refroidir. Ça y est, c'est à elle.

Elle s'avance, le cœur battant. C'est une petite compétition, et pourtant elle a l'impression de jouer sa vie. Jamais elle n'a eu si peur, jamais elle n'a senti une telle pression sur ses épaules. Alors elle se répète les paroles de Philippe et elle salue les juges d'un geste résolu. Elle sait qu'ils la connaissent, il y en a même un qui lui sourit. « Tout va bien se passer », pense-t-elle.

Elle se place face à la poutre, lève les deux mains à plat, a deux secondes d'hésitation, puis elle fléchit les jambes et saute, pour atterrir les jambes en écart facial. Elle tend les mains, droit devant elle et, rapidement, reprend une position de sécurité, à cheval sur la poutre. Première étape franchie.

Il faut maintenant se lever, se mettre debout, verticale. Et affronter la première vraie difficulté, le salto costal. Elle se lance, son buste plonge en avant, ses jambes fendent l'air... Très léger déséquilibre à l'arrivée, mais rien de grave. Elle respire. Tout est sous contrôle. Son corps exécute avec fluidité les gestes répétés mille fois. Quand soudain, au milieu d'un tour, l'impensable se produit. Elle tombe.

Noir panique. Elle a raté Rio. Pendant quelques secondes, l'émotion est si violente qu'elle ne sait plus où elle est.

« Alleeez ! crie une voix depuis les gradins. *Alleeeez !* »

Elle remonte sur l'agrès, sonnée, les bras tremblants. En petit automate bien huilé, elle refait son tour et demi, comme on le lui a appris, pour ne pas perdre les points. Elle continue tant bien que mal. La Lilou qui a peur a pris toute la place, l'ombre l'a envahie tout entière. Elle a perdu confiance, elle a perdu l'estime d'elle-même, elle se déteste. Décentrée, elle vacille à la réception de son tendu décalé, qu'elle maîtrise pourtant depuis qu'elle a douze ans. À la sortie, elle ne monte pas assez haut, elle n'a pas tout à fait le temps d'effectuer sa vrille et demie, et doit reculer d'un grand pas pour ne pas tomber sur les fesses.

Elle salue, abattue, raide.

Dès qu'elle descend du tapis, Philippe s'avance vers elle. Sa poitrine se soulève, comme si elle allait sangloter, mais rien ne sort, pas un son, pas un souffle, ses lèvres sont cousues. Il pose la main sur son épaule.

– Ça va aller, Lilou.

Elle n'entend pas vraiment ce qu'il dit, tant la déception la déborde. Elle essaie de calmer les battements de son cœur, qui cogne cogne cogne.

– Ça va aller, répète Philippe.

Elle a l'impression de se liquéfier à l'intérieur, mais elle ne pleure toujours pas pourtant, ses yeux restent secs, écarquillés, durs. Elle est sous le choc. Comment a-t-elle pu tomber ? À un tour ? Comment est-ce possible ?

Philippe pose la deuxième main sur son épaule, la force à se tourner vers lui.

– Regarde-moi...

Elle lève enfin les yeux.

– Tu es tombée à la poutre ? Et alors ? Tu crois que tu es la première à qui ça arrive ?... Tu sais ce qui fait une championne ? La capacité à tourner la page. Tourne la page, Lilou. Si tu veux montrer que tu es une championne, c'est maintenant. Tu es tombée, OK, pas grave. C'est fini, c'est du passé.

Ce qui compte, c'est ce que tu vas faire maintenant. D'accord ?

Elle acquiesce brièvement, le ventre toujours broyé par la déception.

– Allez, championne... va t'échauffer.

Elle se sent un peu plus légère, elle respire mieux. Elle a compris qu'il ne lui en voulait pas. Pas encore. Pas si elle relève la tête et continue. Alors elle enfile sa veste de survêtement, remonte la fermeture Éclair et attend la rotation suivante.

Elle tente de se rassurer. Philippe a raison. D'autres filles vont tomber. Tu ne seras pas la seule à perdre des points. Ça arrive tout le temps de tomber à la poutre. Tout le reste, tu l'as réussi. Enfin, à peu près. Arrête d'y penser, tourne la page, concentre-toi !

Elle est éparpillée par l'anxiété, il faut qu'elle se rassemble. Mais ses oreilles captent la musique du sol, les applaudissements qui accompagnent une sortie double tendu aux barres. Elle pense à ses parents dans les gradins même si, elle le sent, c'est une pente glissante. Elle est certaine qu'ils sont déçus, qu'ils n'y croient plus.

Pour eux peut-être, elle trouve la force de repartir. Prochain agrès : le saut de cheval. Présentation aux juges en équipe, bien alignées, puis elle s'échauffe.

Son tour est arrivé. Elle prend place au bout du couloir de course. Tandis qu'elle attend, un voile de gravité, invisible, la recouvre. Elle ne voit plus le monde autour, il n'y a plus de gradins, plus de juges. Tout disparaît.

Ça y est, le petit drapeau rouge se lève. Le moment est venu. Le moment où elle doit sauver sa qualification. Elle salue les juges, prend sa position.

Elle est seule face à elle-même.

Elle court.

Et s'envole. Elle arrache avec aisance la vrille de son yurchenko. Elle qui contient si bien ses émotions, c'est une explosion de joie dans son cœur. Elle salue les juges, un immense sourire aux lèvres.

Car sourire, on a le droit.

Elle revient à son point de départ.

Elle salue à nouveau, euphorique. Elle a assuré le saut. Elle n'a même pas besoin de réussir le suivant, elle est sûre d'être sélectionnée maintenant – elle a un bon sol, mais surtout, il y a le DEF, elle va tout déchirer.

Au deuxième saut, sa réception est un peu courte, et une douleur fulgurante remonte le long de son mollet. Elle attrape sa cheville, sautille bêtement sur un pied, se force à saluer, puis rejoint les filles sur le bord.

– T'as mal ? lui demande Aline, qui se précipite, les yeux écarquillés.

Elle serre les lèvres si fort qu'elle n'est pas capable de répondre.

– Qu'est-ce qui se passe ? demande à son tour Philippe.

Il s'accroupit près d'elle.

– Ça tire un peu ?

Elle hoche la tête, toujours incapable de répondre.

– C'est bon, dit-il, t'as presque fini, tu vas pouvoir te reposer, après...

Elle aimerait une injection, une anesthésie, n'importe quoi, les larmes lui montent aux yeux, mais il ne faut rien montrer, ils risqueraient de lui dire que c'est grave, qu'elle ne peut pas continuer, et ça, c'est impossible.

– Faut pas lâcher maintenant, Lilou, dit-il d'une voix tendue.

– Je sais, chuchote-t-elle dans un souffle.

Leurs regards se croisent. Il lui sourit, crispé.

– Tu vas y arriver.

Elle hoche la tête.

Elle n'a plus longtemps à tenir. Évidemment, au sol, impossible de ne pas se servir de son pied droit, mais avec l'adrénaline ça devrait passer. D'ailleurs, ça ne fait presque plus mal, c'est dans la tête. Tout est dans la tête.

Pour les barres, en tout cas, elle n'a pas besoin de sa cheville, donc il suffit de tenir pour le sol.

Un effort d'une minute trente, qu'est-ce que c'est ?

Dès qu'il s'éloigne, elle attrape discrètement un ibuprofène dans son sac, le troisième depuis ce matin. Elle ne peut pas lâcher maintenant. Elle ne peut pas.

– Ça va aller ? demande Aline, soucieuse.

Mais déjà, on les appelle, il faut enfiler le survêtement pour aller se présenter aux juges du sol. Aline l'aide à remonter sa fermeture Éclair, comme pour un petit enfant.

Au sol, elle s'échauffe à peine, juste une rondade flip suivie d'un double, pour tester le praticable, l'efficacité de son rebond.

– C'est bon ? lui demande Camilla, à qui son manège n'a pas échappé.

– Ça va.

Premier passage avec Anaïs, la plus jeune de l'équipe toulonnaise. Alors qu'elle patiente sur le banc (elle passe avant-dernière), Lilou se masse discrètement le pied. L'ibuprofène a dû faire effet, elle a l'impression que ça va mieux. Le poids s'envole de sa poitrine. Le reste passe comme dans un rêve. Elle réussit sa première diagonale, à la deuxième, elle recule à la réception de sa vrille et demie, mais elle sait que ça n'a pas d'importance. Avec son excellente note au cheval, elle est remontée quatrième, et elle est certaine de finir première aux barres. Elle réussit un très beau double carpé, les quarante-cinq secondes s'achèvent. En sortant, elle s'écroule dans les bras d'Aline. Elle a gagné son pari !

– Allez, les filles, on ne relâche pas, proteste Camilla. La fête, c'est tout à l'heure...

Elle se ressaisit, mais la tension est retombée. Il ne reste que les barres.

Vingt minutes plus tard, c'est à son tour de passer. Elle salue les juges, concentrée. Elle sait qu'à leurs yeux, elle est celle qui a décroché une médaille de bronze l'année dernière en championnat du monde. Elle se sent sûre d'elle.

Elle s'élance. Ses muscles connaissent tellement tout par cœur, il n'y a qu'à se laisser aller. Soleil. Elle tournoie autour de la barre, le corps déployé et tendu, ses pointes fusent vers le plafond... elle lâche, effectue un salto et demi, rattrape. Le DEF passe sans anicroche, un tonnerre d'applaudissements explose dans la salle. Elle prend conscience que tous les regards sont braqués sur elle. L'électricité la parcourt des pieds à la tête, et soudain, c'est la chute. Après un soleil, elle a lâché la barre pour un tkatchev, comme d'habitude, mais elle s'est envolée trop haut, la barre est trop loin.

Elle tombe lourdement sur le sol.

Le monde soudain se rétrécit, le monde n'a plus de long et de large, il n'est plus que l'onde de douleur qui la traverse et la perfore. Elle a l'impression que ça ne va jamais s'arrêter, elle se sent enfermée dans sa douleur comme dans un tube en métal. Et elle crie et elle hurle, mais tout reste à l'intérieur et ses cris lui reviennent en pleine face, elle est seule, seule avec l'écho de ses cris.

Elle a l'impression qu'elle va devenir folle.

Après des secondes qui lui paraissent interminables, le visage de Philippe apparaît dans son champ de vision. Il passe le bras sous ses aisselles, la soulève et l'emporte. Les urgentistes l'entourent, elle est étendue sur une civière.

Pour elle, le rideau est tombé, mais dans le gymnase, la compétition continue. La musique s'arrête et les applaudissements crépitent.

12

Ses parents savent la profondeur de sa déception, ils évitent de trop lui parler. Bien sûr, ils lui ont dit : « Ta vie n'est pas finie... tu es jeune, il y a encore Tokyo ! »

À la sortie de l'hôpital, ils l'ont serrée très fort dans leurs bras. Fort à la broyer. Elle a compris qu'ils étaient anéantis, que leur détresse était aussi grande que la sienne.

Personne ne l'a félicitée d'avoir tout tenté, jusqu'au bout, d'avoir défié la douleur, dépassé ses forces. Non, sa chute a effacé toutes les heures, toutes les années, tous les efforts, tous les sacrifices.

13

— Vous n'êtes pas raisonnable, madame Tissart. Je vous avais dit qu'elle devait arrêter deux mois !

La voix est tendue, le ton, brusque. Depuis dix ans qu'il la suit, Lilou n'a jamais vu le docteur Monnot se mettre en colère. C'est la première fois.

– C'est elle qui a voulu reprendre, se défend sa mère.

– Mais enfin, s'exclame-t-il, qui décide à votre avis ? Vous ou elle ? C'est qui la mère ?

– Mais j'ai cru que ça allait, proteste-t-elle. Elle m'a dit qu'elle n'avait plus mal... Je l'ai crue, moi...

– Je vous l'avais *dit* ! Pourquoi vous pensez que je l'avais arrêtée deux mois ? Vous croyez que je ne sais pas à quel point c'est vital pour elle, la gym ?... Si j'ai dit *deux mois*, c'est qu'il n'y a pas le choix. Elle est épuisée, votre fille. Usée jusqu'à la corde.

Sa mère se tait. Un silence suit. Lourd. Lilou a la tête vide. Elle en veut au médecin de rudoyer sa mère, elle se sent coupable parce que c'est elle qui a menti, c'est sa faute. Comment sa mère aurait-elle pu savoir ?

Un déclic de l'imprimante, qui se met en route.

– Bon, soupire le médecin, au moins, là, elle va être *obligée* de se reposer.

Il la regarde et, soudain, lui sourit.

– Condamnée à te faire du bien.

Lilou secoue la tête. Se faire du bien, ce n'est pas se morfondre dans sa chambre. Se faire du bien, c'est sauter et voler et tourbillonner.

– La minerve, je pense que tu vas la garder minimum un mois, peut-être plus. Je vais te montrer comment faire des petits mouvements, un peu tous les jours, pour travailler la mobilité. Pour la cheville, par contre, vu ton âge, il vaut mieux opérer. Après, ça sera botte en résine et puis attelle... tu es partie pour six semaines de cannes, ça nous amène à... voyons...

Il compte mentalement.

– Début août. Et puis bien sûr, rééducation avec le kiné... Reprise en douceur trois mois après l'opération... et pas de reprise du haut niveau avant six mois.

Il laisse passer un silence, mais elle ne réagit pas.

– Tu vas pouvoir te rattraper sur toutes les saisons que t'as ratées... C'est quoi, ta série préférée ?

Elle hausse les épaules. Les séries ne l'intéressent pas.

Il n'insiste pas. Mais quand il les raccompagne vers la porte, il glisse à sa mère :

– Emmenez-la voir un psy. Je pense que ça lui ferait du bien.

Sa mère hoche mécaniquement la tête, sonnée par la violence de ses reproches. Elles sortent dans la rue et le ciel bleu les agresse, le ciel de Nice, bleu incandescent. Deux mouettes volent l'une derrière l'autre.

Quand elles rentrent à la maison, sa mère disparaît dans la salle de bains pour étendre le linge.

Ou pour pleurer.

Lilou ne peut pas dire, la porte est fermée.

Elle reste longtemps fermée, trop longtemps. Lilou se sent abandonnée. Elle aimerait se blottir contre sa mère, qu'elle la console, lui dise que ce médecin n'est qu'un con, qu'elle a été courageuse, qu'elle a eu raison de tout tenter, qu'elle est merveilleuse. Elle regarde par le balcon le ciel toujours bleu, puis elle rentre dans l'appartement.

Clara n'est pas là, elle est encore chez tata, c'est son père qui la ramènera ce soir, fatiguée de sa longue journée, nerveuse peut-être, à fleur de peau, comme toujours. Mais pour l'instant, l'appartement est calme.

Lilou guette près de la porte de la salle de bains si elle entend quelque chose, mais non, rien.

Elle gagne sa chambre, voit le lit de Julia et s'y allonge. Elle n'est pas encore habituée à la minerve, ça la gêne. Elle prend l'oreiller entre ses bras, le serre contre elle. Elle n'arrive pas à imaginer ce que sa sœur va dire. Elle ferme les paupières, mais ça ne sort pas, ça ne coule pas, alors elle rouvre les yeux et regarde le mur en face.

Il y a deux dessins de Clara accrochés au-dessus de son lit. Lilou ne les a jamais aimés, ces dessins, elle les trouve moches, on dirait des gribouillis d'un enfant de deux ans, mais on ne peut pas jeter un dessin de Clara, on ne peut pas.

Sa mère ressort de la salle de bains. Elle n'a pas les yeux rouges, juste le visage fermé.

– Tu m'aides à éplucher les pommes de terre, Lilou ? Je vais faire de la purée...

Sa voix n'est pas normale, c'est la voix de quelqu'un qui joue la comédie de tout va bien.

Lilou ne sait pas que sa mère saigne, que les reproches du docteur l'ont blessée très profondément. Elle y est pour quoi, si sa fille aime la gym ? C'est son rêve depuis toujours de participer aux Jeux olympiques. On ne peut pas arriver si loin sans un minimum de sacrifices... Est-ce que c'est sa faute si Lilou a ça en elle ? Pourquoi aurait-elle dû l'arrêter dans son élan ? N'est-ce pas le rôle des parents d'aider leur enfant à aller au bout de leur rêve ? Est-ce qu'elle avait envie que Lilou quitte la maison à onze ans ? Bien sûr que non ! Ça l'a rendue malade, même si elle s'est efforcée de le lui cacher autant qu'elle le pouvait... Est-ce qu'elle lui a mis la pression pour réussir ? Non. Est-ce qu'elle l'a jamais forcée à quoi que ce soit ? Jamais.

Elle épluche les pommes de terre en silence, luttant sur son petit radeau au milieu de la tempête de ses pensées.

Lilou aussi se tait. Depuis qu'elles sont sorties de chez le médecin, elles n'ont parlé que de choses matérielles. Elles sont allées chercher des antalgiques à la pharmacie, elles ont acheté du pain.

Lilou a mangé le croûton et sa mère n'a rien dit, alors que d'habitude, ça l'agace.

Elle a hâte que Clara revienne, finalement. Clara et son père. Ça fera du mouvement. Même s'il y a des cris, ce sera mieux que ce rien.

Quand elle arrive, Clara a l'air fatigué, son visage est tendu. Mais lorsqu'elle aperçoit Lilou, elle se met à sauter sur place.

Lilou sourit malgré elle. Elle a envie de lui dire « merci », mais elle n'y arrive pas. Elle demande juste :

– Ça va, Clara ?

Sa sœur hoche la tête en regardant ailleurs.

– Ça s'est bien passé, le rendez-vous avec Monnot ? demande tout de suite son père.

Sa mère, qui surveille le feu, fait un geste de la main.

– Il trouve qu'on n'aurait pas dû laisser Lilou reprendre...

– Évidemment, dit son père. C'est facile, après coup.

– Il faut appeler l'hôpital pour l'opération du tendon...

– Ah, il faut opérer.

– Oui, c'est mieux. Mais il a dit que ce serait en percutané, pas trop invasif. Et après, il faut compter six mois avant de pouvoir reprendre vraiment.

Son père hoche lentement la tête. Lilou pense qu'il ne veut pas dire devant elle que six mois, c'est très long. Une éternité.

*

Le soleil inonde la chambre, mais Lilou n'arrive pas à se lever. Elle qui a toujours été un monstre de volonté, elle ne peut plus. Le ressort s'est cassé.

Sa mère vient la voir plusieurs fois, s'impatiente, puis finit par partir avec Clara, qui passe ses matinées à l'Institut médico-éducatif. Le silence retombe dans l'appartement.

Lilou n'arrive pas à se rendormir, mais elle n'arrive pas à se secouer non plus. Sous ses yeux fermés, elle revoit le film de sa chute à la fin de son tkatchev, sa main droite qui attrape la barre, mais la gauche qui ne fait que l'effleurer. Quatre ans qu'elle le maîtrise à la perfection et pourtant, ce jour-là, elle est tombée.

Comme un oiseau abattu en plein vol.

Sauf que personne n'a tiré.

Alors comment, pourquoi ?

Quand elle fixe le plafond de sa chambre dans l'appartement désert, elle se voit inlassablement et inlassablement virevolter autour des barres.

Mille fois elle recommence.

Elle ne sait pas comment désactiver la sensation.

Comment faire pour supporter.

Avoir été un oiseau et ne plus pouvoir voler.

*

Elle a été opérée hier. Tout s'est bien passé, a dit le docteur. Il a confirmé qu'elle en avait pour six mois avant de pouvoir reprendre l'entraînement de haut niveau – huit mois pour la compétition.

Elle a maintenant le pied et la cheville enveloppés dans une botte en résine. Elle a l'impression que ce n'est pas vraiment à elle, ce pied énorme, au bout de sa jambe.

C'est la fin de l'après-midi. La journée s'est étirée en longueur, mais elle a fini par s'écouler, goutte à goutte, minute par minute, heure par heure.

Alors qu'elle est assise sur le canapé, la tête rentrée dans les épaules, elle sent une petite main, très légère, qui se pose sur son bras. Elle tourne la tête. C'est Clara.

Elle se force à lui sourire.

– Donne, dit Clara en lui tendant un BN.

– Merci, dit Lilou du bout des lèvres.

Elle a envie de pleurer.

– Mange.

– Je vais le manger, Clara, dit Lilou, puisant ses dernières ressources de patience.

Devant le regard insistant de sa petite sœur, elle se sent soudain étouffer.

– C'est bon ! Je suis pas obligée de le manger tout de suite, ton gâteau ! J'ai pas faim, j'ai pas faim !

Clara ouvre la bouche sans un bruit, puis court vers la porte. Lilou l'entend qui pousse des cris perçants.

Leur mère arrive quelques minutes plus tard.

– Tu n'as pas le droit de parler mal à Clara, Lilou. Elle n'y est pour rien si tu n'as pas pu aller aux JO !

– Ça n'a rien à voir avec ça, j'ai pas faim, c'est tout ! J'en veux pas, de son putain de gâteau !

Sa mère paraît horrifiée.

– Comment tu parles, Lilou ?

Elle ne répond pas.

– Je sais que ta vie est difficile, en ce moment, Lilou, mais tu ne peux pas faire ça ! Tu ne peux pas faire payer ta petite sœur !

Lilou se lève, attrape ses béquilles et quitte l'appartement. Sa mère ne cherche pas à la retenir.

Une immense détresse l'habite. Après tout ce qu'elle a fait pour ses parents, tous ses efforts pour être la meilleure, jour après jour, depuis des années... c'est toujours Clara la plus importante, Clara qu'ils aiment plus qu'elle...

Elle marche droit devant elle, droit devant sans réfléchir, trois quarts d'heure peut-être. Son pied ne doit pas toucher le sol, mais elle a vite pris l'habitude des béquilles : pour quelqu'un d'aussi musclé qu'elle, ça ne demande pas beaucoup d'effort. Elle est si profondément absorbée par ses pensées qu'elle n'y pense même plus.

Soudain, la mer surgit au détour d'une rue. La mer tout à coup qu'elle n'attendait pas et qui est là, ligne bleue coupant l'horizon.

Il n'y a plus beaucoup de monde sur la plage, en début de soirée un jour de semaine. Un petit vent s'est levé, le soleil est caché derrière les nuages.

Elle s'engage sur le tapis déroulé sur le sable et elle avance vers la mer, vers les vagues qui crachent leur écume sur le rivage. Mais quand elle arrive sur le sable mouillé, ses béquilles s'enfoncent, ça devient de plus en plus laborieux. Tout à coup elle s'écroule, elle lâche ses béquilles et tombe à genoux, puis elle s'étend de tout son long sur le sable froid.

Elle sent l'humidité sous sa joue, elle a envie de pleurer mais les larmes ne coulent toujours pas. Elle laisse le bruit de la mer la remplir jusqu'à ce que son corps n'ait plus de couleur ni de forme. Elle reste un moment la tête vide, le corps comme une épave.

Soudain, elle entend :

– Ça va ?

Elle redresse la tête tant bien que mal. C'est un garçon aux traits doux, pas très grand, à l'air maladroit. Il porte un tee-shirt Minecraft bleu.

À côté de lui, une fille aux cheveux blond-roux bouclés. Elle s'accroupit près d'elle.

– Ça va ? demande-t-elle à son tour.

Lilou se sent brusquement honteuse.

– Oui oui, ça va, c'est juste que...

Aucun mensonge ne lui vient. Sa tête est vide. La fille aux cheveux roux lui prend le bras pour l'aider à se relever, alors elle se relève, elle n'a pas le choix. Elle se retrouve face à eux deux, qui la regardent avec inquiétude. Sans crier gare, une larme déborde et coule. Le garçon plonge la main dans sa poche et lui tend un mouchoir en papier encore plié. Elle hésite, puis le prend.

– Merci, dit-elle.

Elle sèche sa larme. Elle se sent tellement ridicule qu'elle éprouve le besoin de se justifier.

– Je ne pleure jamais, normalement.

– Ah bon, dit le garçon. Parce que t'es toujours heureuse, normalement ?

La fille rit, parce qu'elle est gênée.

– Ne fais pas attention à lui...

– Juste, je ne pleure pas, se défend-elle.

Il y a un silence, et Lilou pense qu'elle n'a fait qu'empirer la situation. La fille se baisse pour ramasser ses béquilles.

Lilou a l'impression que le garçon l'observe. Ça la met mal à l'aise.

– Tiens...

Elle prend les béquilles.

– Tu ne devrais pas marcher sur le sable avec ça, fait-elle remarquer.

– Oui, murmure Lilou. Je voulais m'approcher de la mer, mais j'ai pas réfléchi.

– On peut te tenir chacun un bras, suggère la fille. Tu peux t'appuyer sur nous...

– Merci, mais non... c'est gentil, mais je dois rentrer...

– Comme tu veux, dit la fille.

Ils l'aident quand même à revenir vers le tapis. Elle les remercie et ils se quittent.

Au bout d'un moment, quand elle atteint le bout du tapis, elle ne peut pas s'empêcher de se retourner.

Le garçon et la fille sont en train de retirer leurs chaussures pour marcher dans l'eau.

*

Le soir, elle ne dit rien à ses parents de son passage à vide, elle est juste fermée et triste, silencieuse.

Son père lui masse le cou, comme l'a conseillé Monnot. Ses gestes sont délicats, appliqués.

Elle répond à peine à ses questions.

– Ça va pas ? demande-t-il au bout d'un moment.

Lilou secoue la tête.

– Je me sens nulle.

– Nulle, toi ? Tu rigoles ? Y en a combien, en France, des filles capables de faire un DEF ? Hein ?

Elle s'arrache un très léger sourire. Si sa valeur tient dans le DEF, qu'est-ce qu'elle vaut, maintenant qu'elle est clouée au sol ?

– J'ai raté le rêve de ma vie, insiste-t-elle.

– Non, Lilou, tu peux pas dire ça. Elle n'est pas finie, ta vie. Tu as Tokyo. Si ça se trouve, tu seras plus mûre, tu géreras mieux le stress. Après un silence, il ajoute :

– T’as essayé, c’est bien.

Elle sent, à sa voix, qu’il ne pense pas du tout que « c’est bien », plutôt que c’est vraiment pas de chance et qu’il a du mal à l’accepter. Alors bien sûr, ça ne la console pas.

14

Elle retrouve Margaux près du marchand où elles ont acheté des glaces à la framboise cinq ans plus tôt, pour fêter son départ pour Toulon. Elle se demande si Margaux s'en souvient.

Elle, elle se souvient de la sensation vertigineuse de l'inconnu qui s'ouvrait devant elle, l'excitation de réaliser son rêve... la peur de ne pas être à la hauteur. Oui, l'impatience et la peur... mais surtout l'impatience.

Elles n'auraient pas dû revenir ici, se dit Lilou.

Mais Margaux n'a pas l'air d'y penser du tout. Elle arrange ses cheveux sur son épaule, puis lui fait signe de se mettre à côté d'elle pour prendre un selfie. Lilou s'efforce de sourire.

– On fait quoi ? demande Margaux.

– Je sais pas...

– Tu peux pas vraiment marcher, avec tes béquilles... On se pose quelque part ?

– OK.

– OK, mais où ?

Lilou hausse les épaules.

– Je ne sais pas, moi. Je ne connais pas très bien, tu sais...

Margaux réfléchit.

– Ah, je sais, il y a un endroit où on va souvent avec mes potes...

C'est un petit café qui a disposé quelques tables au fond d'une impasse. La mer est loin, mais c'est tranquille. Presque trop. Lilou aurait aimé pouvoir se laisser porter par les vagues des discussions des autres. Mais elles n'ont qu'une voisine, une dame qui lit le journal en sirotant un Perrier. Sous sa table, un golden retriever est étendu, la tête posée entre les pattes.

Elles commandent un Coca. Les deux filles ne sont pas très à l'aise. Cela fait longtemps que leur amitié s'est distendue. Elles qui, au primaire, se disaient jumelles et dormaient chaque semaine l'une chez l'autre... Même si elles ont toujours gardé le contact, elles ne s'envoient plus que des messages brefs, stéréotypés. Alors au début, elles se posent des questions banales, puis Margaux lui dit que ses parents ont décidé de se séparer. Lilou tombe des nues.

– Ah bon ?

Margaux hausse les épaules.

– Ça arrive...

– Mais ça fait... enfin, je veux dire... tu t'en doutais ?

– Tu sais, c'est difficile de pas le voir... Tu le sens bien...

Lilou essaie de faire un effort d'imagination.

– Parce qu'ils se disputent ?

Margaux fouille dans son sac pour prendre un paquet de cigarettes.

– Pas forcément... mais tu le vois bien, à la façon dont ils se parlent, se regardent...

Un silence suit.

Lilou pense à ses parents. À la façon dont ils se parlent, se regardent. Elle ne sait pas à quoi il faut faire attention, à quoi « ça se sent ». Sa mère est souvent fatiguée, tendue, mais il est rare qu'elle s'énerve maintenant. Ce n'est pas comme lorsque Clara était petite et qu'elle était tout le temps à bout, elle trouve le moyen de se contrôler. Son père, on sait encore moins ce qu'il ressent, au fond de lui. Lilou ne saurait pas dire ce qu'ils éprouvent l'un pour l'autre. Soudés. Elle les voit comme ça. Soudés, solides, parce qu'il faut tenir. Il n'y a pas le choix.

– Tu ne le vis pas trop mal ? demande-t-elle, intimidée.

Margaux tire sur sa cigarette, puis regarde fixement le nuage de fumée.

– Franchement, ça va. Je me dis que c'est mieux.

Margaux tire de nouveau sur sa cigarette avec affectation, et Lilou a le sentiment qu'elle pose, comme pour le selfie tout à l'heure. Ça la met mal à l'aise.

– C'est la vie, ajoute Margaux.

Lilou ne répond pas. Sans transition, Margaux désigne ses béquilles.

– Tu vas faire quoi, après ?

– Comment ça ? s'exclame-t-elle, interloquée. Je vais reprendre !

– Tu vas repartir à Toulon ?

– Bah... oui !

Margaux pose sur elle un long regard. Ses cils sont étirés au mascara, même Lilou qui n'y connaît pas grand-chose en maquillage peut le dire. Elle a un corps normal, un top à bretelle, un mini-short. Elle a l'air d'une fille normale. Où ont fui ses rêves ?

Où est la fille qui ne mettait rien au-dessus d'une soirée passée dans la lumière artificielle du gymnase, dans un nuage de magnésie et de sueur ?

Les deux filles se regardent. Margaux se mord la lèvre.

– Je pensais que...

– Que quoi ?

Lilou s'en veut d'être si brusque, mais elle se sent agressée. Margaux hausse les épaules, et se tait.

– Tu pensais quoi ? insiste Lilou.

– Laisse tomber.

Un silence suit. Lilou sent une grosse boule dans sa gorge. Au bout d'un moment, elle relance :

– Qu'est-ce que tu pensais ?

Margaux fixe le bout de sa cigarette.

– Tu sais, pendant des années, je me disais que t'avais trop de chance, mais...

– J'avais trop de chance ! l'interrompt Lilou. Vivre sa passion, c'est une chance incroyable !

Margaux ne répond pas.

– Qu'est-ce que j'ai manqué ? s'insurge Lilou. D'aller voir des blockbusters américains débiles en tenant la main d'un garçon qui pense qu'à me rouler une pelle ?

Choquée par sa virulence, Margaux ne dit rien.

– C'est ça, en fait, non ? La *vie*, soi-disant. Sortir avec des garçons. Mais moi, ça m'intéresse pas.

– Il y a les amies, aussi, proteste Margaux, agacée.

– J'en ai, des amies ! rétorque Lilou. Tu peux pas imaginer les moments forts qu'on a vécus ensemble...

– T'as raison, dit Margaux, je peux pas.

À sa voix acerbe, Lilou sent qu'elle est allée trop loin.

– Je veux pas dire que ma vie est mieux que la tienne.

– Tu veux pas le dire, mais tu le penses, riposte Margaux. Depuis des années, tu le penses. Si tu crois que je l'ai pas compris ! Cette pauvre Margaux qui n'a pas pu partir au pôle à cause de ses parents égoïstes... cette pauvre Margaux qui aurait pu finir en équipe de France et qui a fini rien du tout... cette pauvre Margaux... mais je m'en fiche, moi, de l'équipe de France ! Je m'en fiche d'être championne !

Leurs regards se croisent. Lilou se détourne.

– OK, dit-elle seulement.

Elle se sent toute dure à l'intérieur.

– Tu ne me crois pas ?

– Si, je te crois.

Elle n'a surtout pas envie de discuter. Quand elle quitte Margaux, elle se sent encore plus mal. Est-ce qu'elle pense que sa vie est mieux que celle de Margaux ? Oui, bien sûr qu'elle le pense ! Sinon, à quoi bon ?

Et non, elle ne la croit pas quand elle dit qu'elle se fiche d'être une championne. Elle pense que c'est la seule parade que Margaux a trouvée pour se consoler.

Elle lui en veut.

Elle n'y est pour rien, si ses rêves ont été avortés.

Une fois chez elle, elle dévore une plaquette de chocolat, puis la moitié d'un paquet de gâteaux. L'écœurement la saisit.

Elle se vomit dans les toilettes.

Elle revient de la salle de bains quand elle reçoit un texto de Margaux qui s'excuse. Elle lui dit qu'elle comprend que ce soit dur pour elle en ce moment.

T'en fais pas, lui répond-elle. **Je t'en veux pas** 🙂

Et elle ajoute :

Tu seras toujours ma BFF !

Elle sait qu'elle l'a écrit pour lui faire plaisir, et parce qu'elle se sent un peu coupable. Mais les mots de Margaux la touchent vraiment. Peu de gens sont capables de s'excuser, et encore moins lui disent que c'est dur, ce qu'elle vit.

Et pourtant, c'est dur. Plus dur que tout ce qu'elle a dû affronter jusque-là. Contre le vide, il n'y a pas d'arme. On ne peut pas serrer les dents, serrer les fesses, rentrer le ventre. Tout ce qu'elle a appris pendant dix ans ne lui sert à rien.

*

Le lendemain, la déprime est toujours là, tenace. L'envie de rien. Elle sort se promener. Elle prend le bus jusqu'à la plage Beau-Rivage, la plage où elle a rencontré le garçon et la fille, mais il n'y a qu'un vieux monsieur qui promène son border collie. Elle pose ses béquilles contre le muret et elle les regarde, tous les deux.

Elle se dit que lui aussi, il sait ce que c'est d'avoir sa vie derrière soi. Il pourrait peut-être lui apprendre comment on fait pour se lever le matin, quand on n'a plus rien à attendre.

Mais quand il quitte la plage, elle voit qu'il est un peu essoufflé de s'être baissé pour ramasser la balle et que ses yeux brillent.

Elle se sent encore plus seule, soudain, aspirée par le vide, elle a peur de plonger à nouveau dans un grand gouffre noir, alors elle reprend ses béquilles et elle se remet en marche. Elle a envie d'acheter des bonbons au poids au vendeur mais elle n'ose pas.

On n'a pas le droit de se faire plaisir quand on a tout raté comme elle.

La sensation d'oppression ne fait que grandir, elle rentre à l'appartement où il n'y a personne, Clara est à l'IME et ses parents au travail. Elle regarde ses anciennes photos sur Instagram, des vidéos d'anciennes compétitions. Pendant un moment, elle oublie. Elle redevient cette fille qui tourbillonne sur la poutre, ce corps tendu et musclé, puissant.

Puis elle reçoit un texto d'Aline.

Tu nous manques

Elle tape :

Vous aussi, vous me manquez !

Puis elle demande :

Ça se passe bien, l'entraînement ?

Ça va. Camilla est sur les nerfs,
c'est chaud

Lilou ressent un pincement. Elle aimerait, elle aussi, se faire crier dessus, sentir son cœur se durcir sous les reproches et sa détermination se renforcer. Au moins, elle se sentirait vivante.

Au début, elle recevait des messages tous les jours. Les filles lui envoyaient des photos, des smileys, des bisous.

Il n'y a déjà plus qu'Aline.

Elle n'a pas revu Philippe. Il lui a envoyé un SMS, le soir même de la chute : **Prends soin de toi, championne.**

Elle imagine qu'il est déçu, lui aussi, sûrement qu'il lui en veut. Elle voudrait se défendre, parce qu'elle n'a pas l'impression que c'est sa faute. Elle aimerait tellement qu'il reconnaisse qu'elle a fait tout ce qu'elle pouvait. Ça l'aiderait à faire taire ce sentiment de culpabilité qui la ronge, ce sentiment d'avoir échoué, d'être la dernière des nulles.

Elle éteint son téléphone, regarde par la fenêtre le ciel insolemment bleu.

Le plus dur, c'est de sentir à quel point elle a déçu ses parents.

Ils ne lui font aucun reproche, mais elle le sent, ça flotte dans l'air, dans chaque bouffée qu'elle inspire.

À moins que ce ne soit sa propre déception qu'elle projette sur eux, elle ne sait pas, elle est perdue. Par certains côtés, elle préférerait qu'ils se mettent en colère, que ça crie, que ça fuse, qu'ils se serrent tous dans les bras pour finir, mais ça ne se passe pas comme ça dans cette maison-là.

La seule qui crie, c'est Clara.

15

Elle entre dans la cuisine, où sa mère et Clara prennent leur petit déjeuner.

– Tu as bien dormi ? s'enquiert sa mère.

– Bof...

Elle attrape sa tasse, celle qu'elle a reçue à son anniversaire de deux ans, avec une image de Mickey qui est presque effacée.

– J'ai mal. Les antidouleurs ne suffisent pas.

– Ah bon ?

Lilou secoue la tête. Au ton de sa mère, elle a l'impression qu'elle ne la croit pas. Est-ce qu'elle pense qu'elle fait des histoires pour rien ? Pourquoi personne n'a l'air de la croire quand elle dit qu'elle souffre ?

– Cette nuit, je n'arrivais plus à me rendormir tellement j'avais mal... insiste-t-elle.

Sa mère finit de beurrer la tartine de Clara.

– C'est quand même fort, ce que tu prends, fait-elle remarquer.

– J'y peux rien si j'ai mal ! proteste Lilou.

Des larmes lui montent aux yeux. Elle est comme ça, en ce moment, hyper émotive. Elle qui savait si bien tenir ses émotions à distance, sous contrôle.

16

Assise sur le petit muret, elle fixe la mer.

La mer plate, lisse, étale, qui trace une ligne à l'horizon, coupant en deux le bleu – le bleu de la mer et le bleu du ciel, l'un plus foncé que l'autre, mais à peine.

Quatre mouettes volent.

« J'étais comme elles, pense Lilou. J'étais même plus puissante qu'elles... j'étais un aigle. Et maintenant, je suis une poule. Clouée au sol. » Elle laisse glisser une petite poignée de sable entre ses doigts. Une poule dodue, avec des petites ailes courtes et des yeux idiots, voilà ce qu'elle est devenue, elle qui défiait les lois de la pesanteur.

– Salut...

Elle tourne la tête. Elle le reconnaît tout de suite, c'est le garçon de l'autre jour, mais il est seul, cette fois, et il a un tee-shirt orange.

– Salut…

Il se hisse sur le petit muret en béton, et joint les mains entre ses jambes.

Ils ne disent rien. Lilou n'arrive plus à penser, elle ne sait pas quoi dire non plus, à part qu'il fait frais, et il acquiesce. Le silence revient. Le vent leur apporte les cris des mouettes, qui ont disparu de l'autre côté du promontoire, et les voilà qui reviennent, mais elles ne sont plus que trois.

– Tu t'es blessée comment ?

Elle tourne la tête vers lui. Il a une voix calme. Il n'a pas du tout l'air de la draguer, en tout cas d'après l'idée qu'elle s'en fait, mais elle se méfie, elle n'a pas envie de le laisser s'approcher trop près. Alors elle ne donne pas de détails.

– À la gym.

– Ah.

Le regard du garçon s'attarde sur son cou.

– Ça fait mal ?

Ça la touche qu'il demande ça, plutôt que des détails sur sa chute.

– Oui. Enfin, ça dépend des moments. Je prends pas mal d'antidouleurs…

Elle s'étonne elle-même de parler autant.

– Tu en as pour longtemps ?

– Encore cinq semaines de béquilles et pour la minerve, je ne sais pas bien.

– Ah ouais...

Il a l'air impressionné. C'est drôle de susciter une sorte d'admiration pour une chose où elle n'a aucun mérite.

– Elle n'est pas là, ton amie ? demande-t-elle.

– Tania ? Non, elle voulait finir sa dissert'. J'aurais dû faire comme elle, mais j'arrivais pas à trouver l'inspiration...

Elle sourit intérieurement. Elle regarde ses doigts, qu'elle écarte, comme une étoile de mer. Elle pense à la tête qu'il ferait si elle faisait tout à coup une série de flips et un salto tendu, ou même une vrille. La tête qu'il ferait s'il savait.

Mais elle ne fait rien, il ne sait pas. Elle est juste une fille ordinaire. Des épaules de camionneur, des cheveux châtains et des taches de rousseur.

Juste une fille sur la plage.

Elle regarde à nouveau la mer agitée par une houle légère. À leur droite, le marchand de frites est en train de fermer, le gars de la plage privée replie les parasols.

Elle se sent mal à l'aise de rester avec ce garçon qu'elle ne connaît pas. Elle se tourne vers lui.

– Je dois y aller…

Il a l'air un peu déçu.

– Ah ?… d'accord. On se reverra peut-être, alors. Je viens souvent ici.

Ils ne se sont pas donné leur adresse, pas même leur numéro de téléphone.

Elle sait qu'il vient souvent, ça lui suffit. Elle n'a pas envie d'en savoir plus. Elle n'a pas envie de savoir qu'elle va le revoir. Au contraire, elle a besoin de savoir qu'elle peut ne jamais le revoir, il suffit de ne jamais revenir sur la plage Beau-Rivage.

Dans l'appartement, il y a eu un tremblement de terre. Clara a vidé le placard de serviettes, il y en a dans toute la maison.

Sa mère est en train d'éplucher des carottes dans la cuisine.

– Range les serviettes, puisque tu es là, lui lance-t-elle d'un ton excédé.

Lilou ne sait pas si « puisque tu es là » veut dire « puisque tu es revenue de ta promenade » ou « puisque tu n'es plus au pôle et que tu ne fais rien de tes journées », mais elle sent un reproche. De ça, elle est sûre.

Elle ramasse les serviettes, la turquoise, la rose, la beige. Elle les plie le plus soigneusement possible.

En longeant le couloir vers la salle de bains, elle passe devant la chambre de Clara, qui est assise par terre, tient ses genoux entre ses bras, et se balance. Ses yeux sont rouges, elle a pleuré. Lilou lui en veut, parce que c'est sa faute si leur mère est à bout, encore une fois, et en même temps elle ressent de la peine pour elle.

Elle s'avance jusqu'au seuil de la chambre, sans dépasser.

– Ça va, Clara ?

On dirait qu'elle n'a pas entendu. Lilou remarque qu'elle articule des mots tout bas. Elle se raconte quelque chose. Lilou tend l'oreille. *Alberti Médecin Hôtel des Postes Grimaldi Rivoli Gambetta Buffa...*

C'est la ligne de bus qui passe devant chez eux, et qu'elle prend matin et soir.

Lilou repart vers la salle de bains et pose les serviettes sur l'étagère. Elle ne sait pas ce qui s'est passé, mais peut-être que Clara a eu du shampoing dans les yeux. Leur mère lui achète pourtant du Mixa Bébé, qui ne pique pas, mais Clara ne supporte pas quand même.

Quand elle était petite, elle ne supportait pas non plus la mousse, ça l'angoissait. La psychiatre avait expliqué qu'elle avait sans doute peur d'être engloutie, de disparaître complètement, de s'effacer. Maintenant, elle a apprivoisé sa panique, mais elle continue à rester fascinée. On le sent à son émotion quand elle regarde sa main s'enfouir dans la mousse.

Quand elle a fini, Lilou va s'allonger sur son lit et regarde le plafond. Elle pense à l'eau, à la mousse, et à la peur.

Si elle avait écouté sa peur, elle n'aurait jamais progressé en gym. Elle ne se serait jamais lancée dans sa première souplesse avant sur la poutre et elle n'aurait jamais lâché la barre haute. Elle serait restée à jamais une gymnaste ordinaire.

La peur est une ennemie qu'il faut combattre.

Puis elle se demande si ce n'est pas juste ça, la différence entre Clara et elle. La différence entre les « normaux » et les « handicapés ». Ceux qui peuvent dépasser leur peur et ceux qui ne peuvent pas.

Elle a envie de prendre Clara dans ses bras, de lui murmurer des mots magiques, pour la rassurer.

Mais les mots magiques n'existent pas, elle le sait depuis longtemps, et Clara a horreur qu'on la prenne dans les bras.

*

Elle avait six, sept ans peut-être. Les souvenirs de cette époque sont flous, un peu irréels. Parfois, elle se demande presque si elle ne les a pas reconstruits, à partir de photos, des récits de ses parents ou de sa grand-mère. Oui, ses souvenirs sont si flous qu'elle se demande parfois si elle ne les a pas inventés.

Ce qui lui est resté, bizarrement, c'est que les cerisiers du Japon, au pied de l'immeuble, étaient en fleurs. Elle les avait regardés par la fenêtre de sa chambre, longtemps. C'était si beau, ces fleurs roses sur le ciel bleu de Nice, elle avait l'impression que son cœur s'arrêtait de respirer.

Elle était allée au salon, la tête pleine de bleu et de rose, et elle s'était figée sur le seuil. Sa mère avait une tête bizarre. C'est juste ça qu'elle s'était dit, au début, elle n'avait pas vu les yeux gonflés. Puis elle avait croisé le regard de son père, et lui aussi, il avait une tête bizarre.

– Qu'est-ce qui se passe ? avait-elle chuchoté.

Sa mère avait fait un geste de la main, assorti d'un maigre sourire. Ce genre de sourires faits pour rassurer, mais qui ne rassurent pas, au contraire.

– Rien, ma puce.

– Pourquoi tu ne lui dis pas ? avait protesté son père. Il faudra bien qu'elle sache !

Sa mère n'avait pas répondu. Son père avait tourné la tête vers elle.

– Clara est autiste, voilà ce qu'il y a.

Le sentiment d'un mot qui pèse plus lourd qu'une pierre. D'un mot qui écrase, qui anéantit.

Le regard de Lilou était allé de l'un à l'autre.

– Ça veut dire quoi ?

– Ça veut dire qu'elle ne sera jamais comme nous, avait expliqué son père. Elle n'aura pas de métier, il faudra l'aider toute sa vie comme un enfant. Comme... comme un légume.

– Tu exagères ! avait protesté sa mère.

Il avait haussé les épaules.

Lilou avait été terrifiée. Terrifiée par ce désespoir absolu qu'elle sentait chez lui.

Elle s'était juré intérieurement de ne jamais revivre ce moment-là.

Tout pour qu'il ne parle jamais d'elle avec cette voix-là.

Tout pour ne pas être l'enfant qui a fait éclater son cœur en morceaux. Son père d'habitude si fort.

Être tout sauf un légume. Alors tomber, se relever, monter et remonter sur la poutre, tournoyer autour de la barre, s'envoler.

Elle suit du doigt la ligne de son oreiller. Elle n'aura même pas réussi à lui offrir les Jeux olympiques. La flamme qu'elle a allumée dans ses yeux quand elle a remporté les départementales, la première fois, elle vient de souffler dessus un grand coup, pfff !

Elle a détruit son rêve.

Elle l'a privé de consolation.

Lilou ne se dit pas que c'est elle, à cet instant, qui a besoin d'être consolée. Elle ne se dit pas que ce n'est pas aux enfants de consoler leurs parents. Elle se sent juste coupable.

*

Elle ouvre ses mails. Hier soir, comme tous les soirs, Aline lui a envoyé les cours de la matinée, qu'elle a photographiés avec son téléphone. Un petit mot suit :

Tu me manques, Lil

Une douce vague de chaleur lui envahit le cœur. Elle l'imagine, seule dans la chambre sous les toits, après sa journée à rallonge.

Toi aussi ! Tu ne peux pas imaginer !

Elle sait sa fatigue. Elle sait le corps lourd et la tête embrumée. Elle lui est d'autant plus reconnaissante de prendre la peine de lui envoyer les cours, jour après jour, alors que Rio approche et que la pression sur ses épaules n'a jamais été si grande.

Grâce à Aline, elle a l'impression de faire toujours partie du pôle. Sa vie a juste été mise sur pause.

Elle ouvre les fichiers de maths.

17

Quand elle descend la pente qui mène au gymnase Saint-Blaise, elle a hâte. Hâte de retrouver la lumière tamisée, floutée par le plastique ondulé, les tapis colorés, la musique qui paralyse les pensées et fait vibrer l'air, les corps gainés tout-puissants, les volontés tendues.

Son univers.

– Eh bah, ma grande !

En train de fumer devant la porte vitrée, Kate et Donn la regardent approcher.

Ils savent. Tout le monde sait, dans ce petit milieu, que Lilou a fait une chute aux barres. Elle n'a pas besoin de raconter.

Ils l'embrassent, puis Kate plante sur elle un regard inquisiteur.

– Ma pauvre chérie. Ça fait de la peine de te voir avec ces béquilles... Qu'est-ce que t'as, finalement ?

– Rupture du tendon d'Achille et entorse cervicale, dit-elle en désignant sa minerve.

Donn siffle.

– Quelle tuile... si près des JO...

Kate l'observe.

– Qu'est-ce que tu vas faire, du coup ?

– Le médecin dit que je pourrai reprendre le haut niveau au bout de quatre à six mois...

Kate prend une grande inspiration. Elle n'a pas l'air convaincue.

– Hum... murmure-t-elle. Tu t'es beaucoup blessée ces derniers temps...

Sans la quitter des yeux, elle souffle la fumée de sa cigarette. Lilou ne répond pas. L'entraîneuse secoue la tête.

– Il faudrait déjà qu'ils t'acceptent à Toulon...

Lilou la fixe sans réagir. Elle n'avait jamais envisagé ne pas revenir à Toulon.

– Tu crois que... ?

– C'est un pari, pour eux, tu comprends. Il faut qu'ils sentent que t'as le potentiel pour rebondir.

– C'est clair, confirme Donn. Ils ne vont pas perdre de temps, sinon.

Perdre de temps. Ces mots l'atteignent en plein cœur.

Bien sûr, qui voudrait perdre son temps à faire voler une poule ?

Elle porte son ongle à ses lèvres et le mordille. Elle se sent mal, mais elle ne sait pas comment se défendre. Elle a envie de fuir.

Elle demande :

– Je peux m'entraîner un peu ? Pour pas tout perdre ?

Kate fronce les sourcils.

– T'entraîner ? Avec une minerve ?

– Juste un peu de muscu...

– Ça me paraît pas très raisonnable... proteste Kate en grimaçant.

Lilou est interdite. C'est la première fois que Kate la décourage de s'entraîner.

– Écoute, ma puce, comme tu veux, mais pas trop longtemps, parce que les filles arrivent, là. OK ?

Lilou acquiesce lentement. Elle essaie de penser que c'est normal, qu'elle ne peut pas gêner le cours. En même temps, en quoi sa présence dérange-t-elle tant que ça ? Elle peut s'entraîner discrètement dans un coin...

Elle ne prend même pas la peine de se changer. Elle retire soigneusement sa minerve, puis échauffe son cou avec les mouvements que Monnot lui a montrés. La petite Mariam et quelques autres viennent l'embrasser, mais elle ne sent plus le même enthousiasme qu'avant. Elle n'est plus celle qui va partir à Rio, elle est celle qui reste en France et qui va regarder les JO à la télévision. Comme elles.

Ne pas y penser. Il ne sert à rien de regretter le passé. Une championne, c'est quelqu'un qui sait tourner la page.

Elle prend appui sur la plate-forme pour attraper la barre du haut, lève les jambes à l'équerre et enchaîne les tractions. Elle éprouve un besoin viscéral de se prouver qu'elle n'a rien perdu de sa force, qu'elle va revenir.

Mais son corps est lourd et ses bras plus raides que jamais. Elle insiste, elle ne veut pas lâcher, c'est une question vitale. Alors elle va jusqu'au bout des vingt. Puis elle se lance dans une série d'abdos allongée. Mais la douleur dans le cou revient.

Elle arrête et ferme les yeux.

Les filles se mettent à courir en file indienne autour du gymnase. L'entraînement a commencé. Personne ne vient lui dire de se relever, de « se magner le c... », qu'elle se croit où, à la plage ?

Personne.

C'est tellement bizarre d'être allongée là, au milieu de toute cette agitation, de cette vie qui continue comme si elle n'était pas là.

Jamais il ne lui est arrivé de rester au repos plus de cinq minutes. Même pour attendre leur tour, les gymnastes sont debout, elles ne s'assoient pas.

Un froid insidieux la pénètre peu à peu, un sentiment de solitude qui lui broie le cœur.

*

Elle a revu la fille rousse et le garçon. Quand elle est arrivée sur la plage, ils sortaient de l'eau. La fille l'a aperçue et lui a fait de grands signes. Lilou se demande comment elle l'a reconnue de si loin. Sans doute à cause des béquilles.

Elle a longé le tapis rouge, et ils sont venus à sa rencontre. La fille était enveloppée de sa serviette bariolée, ses cheveux bouclés étaient plaqués sur sa tête et une goutte d'eau coulait sur son menton. Elle l'a accueillie d'un grand sourire.

Le garçon suivait à quelques pas, torse nu. Il n'avait pas le corps musclé, tonique, des gymnastes dont Lilou a l'habitude. Pas le corps d'un battant, d'un lutteur, d'un gagnant. Ni même la peau bronzée des garçons de Nice qui passent leur journée sur la plage, à nager, courir, jouer au beach-volley. Non, il était un peu dodu, et sa peau blanche avait quelque chose de tendre et vulnérable qui l'a touchée sans qu'elle sache pourquoi. Il s'est enroulé dans sa serviette en approchant.

– Salut !

Elle leur a souri.

La fille l'a invitée à s'asseoir avec eux sur le sable. Elle s'est posée sur un coin de sa serviette mouillée.

Elle a appris que le garçon s'appelait David.

C'était mercredi. Il n'y avait pas les familles du dimanche, mais les premiers touristes étaient déjà là – des étrangers pour la plupart, des cheveux blancs et gris, des hommes en bermuda, des femmes en robe.

Lilou a reconnu le vieux qui promenait son border collie, mais lui n'a pas fait attention à elle.

Tania avait froid, ils sont allés au cinéma.

Pendant la séance, Lilou a du mal à se plonger dans le film. Elle pense : « Alors, la voilà, la vie normale. Le rêve de tous les ados, aller au cinéma avec leurs potes », mais elle ne veut pas de la vie normale. Elle se fiche de Tania et de David, elle aimerait mille fois mieux être ailleurs.

Deux larmes roulent sur ses joues.

Les larmes face à l'attitude incompréhensible de Kate. Elles sortent maintenant.

Elle essaie de les essuyer discrètement. C'est une comédie, elle n'a aucune excuse pour pleurer.

En sortant du cinéma, ils font un tour sur la promenade des Anglais. Tania et David parlent du film. Lilou les écoute en silence, intimidée. Elle n'est pas habituée à analyser, comme eux. Elle n'est pas assez familière de ses propres émotions.

Puis ils arrêtent de parler du film, et la conversation devient plus rare. Alors qu'ils arrivent devant le muret blanc qui longe la plage, elle ne peut pas résister. Elle pose les mains, doigts écartés, et malgré sa minerve, monte à l'équilibre, jambes à l'écart, puis marche sur les mains.

Son tee-shirt tombe sur ses épaules, elle pense vaguement qu'on doit voir son soutien-gorge, mais c'est une brassière de sport noire comme celles qu'elle porte parfois à l'entraînement, alors elle continue.

Tania pousse des cris. Elle accélère, mue par une joie profonde. Quand elle se redresse, elle est toute rouge, et elle a un peu mal aux poignets, mais ses yeux brillent.

Tout en tirant sur son tee-shirt pour le remettre en place, elle croise le regard impressionné de David. Une drôle d'émotion la parcourt.

– T'es... t'es juste incroyable !

– C'est rien, ça, dit Lilou, à la fois gênée et consolée.

Alors elle leur explique qu'elle s'entraîne en pôle depuis cinq ans, qu'elle faisait partie de l'équipe de France, qu'elle aurait dû aller à Rio.

Leur visage est incrédule.

– Et tu t'es blessée juste maintenant ? s'exclame Tania. Mais ça doit être horrible !

Un énorme nœud dans la gorge. Elle hoche la tête. À nouveau les larmes ne sont pas loin.

– Tu pourras faire les prochains JO, suggère David.

– Peut-être. J'aimerais bien. Mais j'ai peur d'être trop vieille...

Tania se met à rire.

– À vingt ans, tu seras vieille ?

– Pour une gym, c'est vieux... se défend Lilou.

– Ouah, s'exclame-t-elle. La vie passe vite, pour les gym !

– Les gym, c'est comme les chats, blague David. Il faut multiplier par sept pour avoir leur âge...

Il la regarde, un sourire aux lèvres. Elle tourne la tête, troublée. Elle a tellement intégré les critères de la gym que ça lui paraît normal, elle ne comprend pas leur réaction.

Elle ne leur dit pas que son ancien club ne croit plus en elle, ni qu'elle se sent comme une vieille canette de Coca jetée d'une main négligente par la vitre d'une Porsche.

Et tandis que la Porsche continue sa route flamboyante, la canette atterrit dans le caniveau, n'ayant plus rien à faire qu'à attendre la pluie qui viendra la rouiller, ou peut-être la pisse d'un chien.

Non, elle ne dit rien. Elle a besoin qu'ils la voient encore comme celle qu'elle n'est plus.

Toute la soirée, elle leur raconte sa vie de gym. Pas les doigts qui s'enfoncent dans la gorge pour se faire vomir, pas les réveils avec le corps ankylosé, pas la peur qui broie le ventre. Non, elle raconte les voyages en avion à l'autre bout de la planète, les stages en Italie, en Corée du Sud, en Chine ou encore aux États-Unis, dans le ranch des Károlyi perdu au milieu de la forêt, devenu le centre d'entraînement de l'équipe américaine. Elle raconte les petits chalets inconfortables, les douches qui sentent mauvais, les portables qui passent mal, les lamas de Béla, les ruses pour emporter clandestinement des barres de céréales, les fous rires dans la nuit. Et puis, bien sûr, ses entraîneurs si proches – sa deuxième famille.

Tania et David l'écoutent avec enthousiasme. Enfin, surtout Tania. David l'observe.

– Si vous êtes vraiment une famille, dit-il, pourquoi tu ne vas pas avec eux à Rio ?

– Pour quoi faire ? proteste-t-elle.

– Je ne sais pas... pour être avec eux, pour encourager tes amies ?

Elle hausse les épaules, mal à l'aise.

– Ça coûte cher...

« Et je ne leur sers à rien », ajoute-t-elle mentalement. Et elle ne peut s'empêcher de penser que Philippe ne l'a pas recontactée depuis sa chute.

L'ivresse de tout ce qu'elle a raconté disparaît.

La gym est une drôle de famille.

Une famille où ceux qui tombent, on ne les relève pas.

Quand elle rentre chez elle, elle dévore un paquet de cookies. Puis elle se hait, s'enferme dans la salle de bains et se fait vomir.

*

– Je crois que si, finalement. Je veux bien revoir la psy.

Sa mère hoche la tête.

– D'accord. Je te prends un rendez-vous, alors.

Lilou la regarde en train d'essuyer la table d'un geste lent. Elle a l'air fatiguée, et triste.

– Je suis désolée, murmure-t-elle.

– De quoi ? s'étonne sa mère.

– D'avoir tout raté...

– Tu n'y es pour rien, Lil' ! Tu as fait ce que tu pouvais. Arrête, avec ça !

– Oui, dit-elle avec férocité, j'ai fait tout ce que je pouvais. Et j'ai raté !

– Tu n'as pas fini ta vie ! Il y a Tokyo dans quatre ans !

Elle pose sur sa mère un regard perdu. « Mais si je n'y arrive pas, maman ? », pense-t-elle en silence.

18

Une semaine a passé. Elle a toujours mal à la nuque et le médecin a prolongé le port de la minerve.

*

Sans surprise, Aline a été confirmée en équipe de France. La fédération a fait les annonces ce matin, c'est officiel.

C'est génial ! lui écrit Lilou. **Je suis trop contente pour toi** 😊 😊 😊

Elle reprend sa marche le long de la plage, sur la promenade plantée. Il est onze heures, mais c'est une journée chaude, le soleil tape déjà.

Un bip lui signale la réception d'un message. Elle devine qu'Aline vient de quitter la salle d'entraînement et de rejoindre les vestiaires.

Elle cale ses béquilles dans une main pour pouvoir lire : **Oui, c'est génial, mais je suis trop triste que tu sois pas avec nous** 😭😭😭

C'est la vie, tape-t-elle en réponse.

Puis elle se demande ce que ça veut dire. Rien. Ça ne veut rien dire.

La vie, c'est aussi Aline en train de réaliser son rêve.

La vie, ce n'est pas forcément trébucher quand on se bat depuis dix ans et qu'on est à deux doigts de toucher au but.

Alors, pourquoi ?

Elle repense à cette micro-seconde, après la chute.

Cette micro-seconde où elle a compris qu'elle s'était blessée, mais sans rien ressentir encore. Des mots l'ont traversée à toute vitesse. « Ça devait arriver. »

Pourquoi ces mots ? Pourquoi a-t-elle ressenti ça ?

Elle s'arrête au pied d'un palmier, s'assoit sur le banc et regarde la mer. Les mouettes crient dans le ciel, une famille en vacances passe avec des bouées.

Au bout d'un moment, elle ne supporte plus d'être immobile et se lève. Alors qu'elle s'avance vers la plage, elle aperçoit David, sa silhouette un peu maladroite. Il a son tee-shirt Minecraft bleu du premier jour. Il marche en regardant le sol, plongé dans ses pensées.

Elle se dit qu'il ne la verra peut-être pas, tant mieux, mais il relève la tête pour suivre des yeux un cormoran qui sautille sur le bitume, et il l'aperçoit. Son visage s'éclaire.

– Salut !

– Salut...

Elle le rejoint, mais se tient à distance pour qu'il n'ait pas l'idée de l'embrasser.

– T'as pas cours ? s'étonne-t-elle.

– Ma prof de français n'est pas là.

Il lui demande si elle veut un Coca, elle hésite, parce que c'est du sucre, et qu'elle a déjà pris trois kilos depuis qu'elle a arrêté de s'entraîner six heures par jour, mais elle se dit que ça lui occupera les mains, ça lui donnera une contenance.

– Un Coca zéro, alors.

– OK.

Tandis qu'il s'éloigne vers le bar de la plage, elle observe sa silhouette, son bermuda kaki, ses Vans, ses cheveux bruns, puis elle sort son téléphone et consulte ses messages.

Quand il revient, ils s'assoient sur le muret qui borde la plage, et il lui donne sa canette.

– Merci...

Elle tire sur l'opercule, puis porte à ses lèvres le métal froid et avale une gorgée.

– Tu viens souvent ici, fait-elle remarquer.

– J'aime bien... acquiesce-t-il.

Puis il se tourne vers elle.

– Et toi ? Toi aussi, tu viens souvent...

Elle n'a pas envie qu'il s'imagine qu'elle vient pour lui. L'idée ne l'effleure pas, pas une seconde, qu'il vient peut-être pour elle.

– Je m'ennuie chez moi, dit-elle. Toutes mes amies sont à Toulon...

– À Toulon ? répète-t-il, surpris.

– C'est là où je m'entraîne, répond-elle, comme si c'était une évidence.

– Ah bon ? J'avais pas compris que c'était pas à Nice. T'es partie super jeune de chez toi, alors ?

Elle hausse les épaules.

– À onze ans. Mais je revenais tous les week-ends. C'est pas vraiment...

– Quand même...

Un silence. Tout à coup, David demande :

– Pourquoi t'avais autant envie de faire de la gym ?

Devant son air éberlué, il précise :

– Je veux dire, qu'est-ce que ça t'apporte tant que ça ?

– C'est difficile à dire, proteste-t-elle, gênée.

Nouveau silence. Elle se sent un peu attaquée, elle a envie de se défendre.

– Les sensations, c'est super fort. Quand tu tournes en l'air… c'est un peu comme si tu volais…

Il sourit, mais sans aucune moquerie.

– T'as déjà essayé le saut à l'élastique ? ou en parachute ?

– Ça n'a rien à voir ! En gym, c'est toi qui t'envoles, par tes propres moyens. T'es pas dépendant d'un parachute ! Je détesterais ça.

– Ah oui. En fait, j'arrive pas à imaginer.

– Moi, ça me manque.

Il la regarde. Soudain, ça lui manque plus que tout. Ça la transperce. Une nostalgie fulgurante.

*

Allongée sur le dos entre les deux lits, elle pédale les jambes en l'air. Elle s'applique et ne s'arrête que lorsque la douleur lui enserre le ventre.

La douleur rassurante.

Puis elle monte en équilibre et effectue toute une série de tractions, tête en bas, jambes en l'air.

Quand elle a fini, elle a les joues rouges et le souffle court. Elle s'avance jusqu'à la fenêtre, qu'elle ouvre. Elle regarde les cerisiers du Japon, en bas, qui sont redevenus des arbres comme les autres, avec des feuilles.

Elle pense à David, et au moment qu'ils ont passé ensemble hier, quand on frappe à la porte.

– Oui ?

Sa mère passe la tête par l'entrebâillement de la porte, le visage long.

– J'ai appelé Toulon pour ta réinscription. Camilla m'a dit qu'elle ne pouvait pas me donner de réponse comme ça, que ton cas devait passer en commission.

– Ah bon, murmure Lilou, frappée par la foudre.

– Elle dit que tu t'es beaucoup blessée cette année... que ce serait mieux que tu reprennes d'abord dans ton ancien club...

Dans un flash, Lilou revoit le regard scrutateur de Camilla quand elle est revenue s'entraîner après son dernier arrêt. Ses doutes. Camilla ne croit plus en elle. Lilou se sent ébranlée jusqu'au plus profond d'elle-même. Eux qui sont tout pour elle, sa deuxième famille, ils pourraient lui claquer la porte au nez ?

Parce qu'elle s'est blessée ? Comme si c'était de sa faute !

Plus de vie à Toulon, plus de petite chambre sous les toits, plus ces journées qui se succèdent à un rythme effréné, où tout est décidé pour elle.

Plus la sensation de vivre une vie exceptionnelle, hors norme. Redevenir une ado normale.

Elle a l'impression qu'on vient de lui arracher sa coquille. Que ça saigne. Partout.

– Je pense qu'ils disent ça pour te motiver, dit sa mère. Tu es encore jeune, Lil', tu as le temps de revenir...

Mais Lilou secoue la tête. L'argument de sa mère lui paraît absurde. Et puis les paroles de Camilla font écho à celles de Kate et de Donn. Ils sont moins naïfs, ils connaissent mieux que sa mère le monde impitoyable du haut niveau.

Tout d'un coup, elle demande :

– Si j'arrête, vous serez d'accord ?

Sa mère fronce les sourcils.

– Tu dis ça par dépit, Lilou.

Elle ne sait pas pourquoi elle a dit ça, en vrai. Elle ne sait même pas si elle le pense. Mais ce qui la frappe, c'est que pour sa mère, ce n'est pas une option.

Elle décide d'aller marcher, elle ne supporte pas de rester enfermée dans cette chambre, alors que sa vie vient de s'effondrer comme un château de cartes. Dans sa précipitation, sa béquille se prend dans la porte de l'ascenseur, elle perd l'équilibre et pose un genou à terre.

Elle se met à crier et à s'énerver toute seule.

– Connerie de vie ! Merde ! J'ai pas mérité ça !

Les larmes montent et ne coulent pas.

Quand elle rentre, l'appartement est étrangement silencieux.

Elle gagne sa chambre, se demande pourquoi le lit de Julia est toujours là alors qu'il n'est utilisé par personne. Sur le mur, des posters de gymnastes, ses idoles de quand elle était petite, des portraits dédicacés. Un à un, elle les arrache. Elle s'arrête un instant face au dessin de Clara, et dans son élan l'arrache aussi, le froisse, le met en pièces.

Puis elle regarde les morceaux dans sa main, les lignes brisées des traits de feutre, et elle pense, perdue : « Pourquoi j'ai déchiré ce dessin ? Qu'est-ce qui m'arrive ?

Pourquoi j'en veux à Clara ? Elle ne m'a rien fait ! »

*

Elle retourne au gymnase, mais cette fois, elle ne s'entraîne pas. Assise sur un banc, sur le côté, elle regarde les autres voler et tourbillonner. L'image d'une poule dodue ne la quitte pas.

Elle envie la petite qui court sur le praticable, elle sent dans ses muscles la pression à l'arrivée de la rondade, puis la tension dans son corps quand il s'élève, droit comme un « i », pour le salto tendu. Elle éprouve toutes les sensations, intactes, et pourtant elle reste clouée sur son banc.

Elle n'a pas dit à Kate que le pôle de Toulon ne la reprendrait peut-être pas. C'est une blessure trop intime.

Quand elle rentre, elle s'écroule sur son lit, les épaules violemment secouées par les sanglots.

« À quoi je sers ? pense-t-elle. À rien. »

19

Une semaine plus tard, elle se retrouve face à la psy. Elle n'a pas changé depuis la dernière fois, en avril, elle a toujours son carré brun et ses petites lunettes, et ses yeux gris-vert. Elle est assise près de la fenêtre, qui donne sur un grand immeuble.

Lilou pose ses béquilles contre le mur et sautille jusqu'au fauteuil. La psy lui sourit.

– Tu me racontes ?

Elle fronce les sourcils.

– Ce qui s'est passé depuis la dernière fois ? précise la psy.

Lilou hoche la tête, puis se lance. Raconte le retour à Toulon, l'entraînement intense, la chute.

Le silence tic-taque lentement.

Lilou n'ose pas la regarder, elle fixe les motifs du tapis.

– Comment tu te sens, aujourd'hui ? demande enfin la psy.

Les mots viennent tout de suite, ceux qui tournent en boucle dans sa tête le soir :

– Comme un oiseau qui ne peut plus voler...

– Hmm, dit juste la psy d'un ton encourageant.

– Comme un aigle qui s'est transformé en poule, ajoute Lilou, un nœud dans la gorge.

Un sourire monte aux lèvres de la psy.

– Ça vous fait rire ? s'insurge-t-elle, vexée.

– Je trouve ça drôle, cette image...

– C'est pas drôle, c'est triste ! proteste-t-elle avec colère.

Et tout à coup, ça lâche. Les larmes sortent d'un coup. Mouillent ses joues.

Elle ne comprend pas ce qui se passe. Ses mains tremblent.

La psy lui tend gentiment un mouchoir.

– Je suis désolée, balbutie Lilou.

– Ce n'est pas grave si tu pleures, tu sais, lui dit-elle avec une immense douceur.

Lilou sent que ses joues la brûlent. « Les larmes, ça ne sert à rien », sonne une voix dans sa tête. Ce n'est pas celle d'un entraîneur mais celle, fermée et butée, d'une fille de douze ans qui vient de passer deux heures à rater, rater et encore rater. Les autres filles l'avaient trouvée dans le vestiaire, le visage en deuil.

– Tu pleures ? avait demandé Aline, désolée.

La fille avait secoué la tête.

– Les larmes, ça ne sert à rien.

Les autres n'avaient rien dit, elles étaient d'accord.

C'était elle, cette fille de douze ans.

Elle se mouche. Il y a encore un silence, puis la psy demande :

– Qu'est-ce qui te fait penser qu'une vie d'aigle est plus heureuse qu'une vie de poule ?

Elle rit, tellement la question lui paraît absurde.

– Vous ne pensez pas vraiment ce que vous dites.

– Si, pourquoi ? fait mine de s'étonner la psy.

Lilou se tait un moment.

– C'est insupportable, l'idée de rester une poule tout le reste de ma vie...

Des larmes coulent à nouveau.

– Je comprends, dit la psy. Mais il y a d'autres façons de voler. À l'intérieur.

« Et voilà, pense Lilou, excédée. Elle est repartie avec son délire... »

– Et puis, reprend la psy, est-ce qu'un aigle n'est plus un aigle s'il ne peut plus voler ? Bien sûr que si. Il ne devient jamais une poule...

Comme Lilou ne dit rien, elle continue :

– Mais tu sais, il y a aussi des oiseaux qui ne sont pas des aigles, qui volent moins haut, mais qui sont très beaux. Les mésanges bleues. Les rouges-gorges. Les colombes. Les mouettes...

Lilou plie son mouchoir mouillé entre ses mains, les yeux baissés.

– Mais je veux être un aigle, moi !

– Tu veux être un aigle, d'accord, mais qui a dit que tu étais un aigle ? Peut-être que tu as perdu tes ailes parce que tu as fait semblant d'être un aigle pendant des années, alors que tu étais un colibri ?

Lilou la fixe, bouleversée. Elle ne comprend pas complètement ce qu'elle veut dire, mais ça la secoue d'une étrange façon, comme si ça faisait résonner en elle une corde secrète, dont elle ignorait l'existence.

– En tout cas, Lilou, dit la psy d'une voix plus ferme, je suis sûre d'une chose. Tu ne vas pas rester clouée au sol comme une poule. Tu vas retrouver un moyen de voler.

Elle fait une pause, avant de préciser :

– Ta façon à toi de voler.

Elle insiste :

– L'aigle ne s'est pas transformé en poule, il est en toi, à l'intérieur de toi. Il cherche ses nouvelles ailes.

Quand elle sort, Lilou se sent étrangement vide.

Elle ne rentre pas chez elle, elle n'a pas envie. Tout à coup, alors qu'elle descend l'escalier marche à marche, peinant avec ses béquilles, elle se l'avoue, cette chose qu'elle ne voulait pas jusque-là regarder en face : elle ne se sent pas bien chez elle.

Elle n'a pas encore réalisé que c'est parce que ses parents, comme ses entraîneurs, la voient comme une poule.

*

Une fois rentrée, elle ouvre le carton qui est resté intouché dans un coin de sa chambre, depuis que son père est allé à Toulon et a rapatrié ses affaires. Inutile de continuer à payer la pension chez Gloria alors qu'elle ne reviendra pas avant plusieurs mois – si elle revient un jour.

Son père n'a rien dit quand il a su. Un nuage est passé dans son regard, il a accusé le choc, puis il s'est tourné vers Lilou.

– C'est cool, par certains côtés. Tu restes ici, avec nous...

Lilou n'a pas répondu. Est-ce qu'il pensait vraiment que c'était cool ?

Il a passé les bras autour de ses épaules.

– Je comprends que tu sois déçue, Lilou, mais ils savent ce qui est bien pour toi. À Toulon, tu vas voir les autres, tu vas vouloir aller trop vite. Là, tu peux reprendre à ton rythme... tu vas retrouver tes anciens entraîneurs qui t'adorent...

À l'idée de s'entraîner avec Donn, quelque chose bloque dans son ventre. Il n'a jamais rien tenté avec elle, pas comme avec Noémie. Mais quand même. Le simple fait de savoir que c'est arrivé. Et cette manière qu'il a, ses regards trop longs, ses gestes un peu étouffants...

Elle ne veut pas y penser.

Elle déplie délicatement le justaucorps de l'équipe de France, blanc, avec des fils bleus et rouges au niveau des épaules. Le tissu est souple et doux sous ses mains, froid aussi. Elle a été si fière de le recevoir, ce justaucorps. Elle le porte contre sa joue, ferme les yeux.

Elle se rappelle la première fois où, à l'annonce de son nom, a retenti une immense acclamation venue des tribunes. Une des plus grandes émotions de sa vie. Elle ne s'attendait pas à éprouver quelque chose de si fort ! C'était à Bercy, elle avait treize ans.

Elle replie la tunique, la jette dans le carton, sort ses maniques, caresse du bout des doigts le cuir raide et blanc, imprégné de la poudre si fine de la magnésie. Les sensations reviennent, comme un coup de poing en pleine figure. Le regret de ne pas participer aux Jeux, elle qui avait une chance de décrocher une médaille aux barres.

Pourquoi ? Pourquoi elle ? Pourquoi maintenant ? C'est tellement injuste !

Et puis elle se rappelle sa fatigue extrême des dernières semaines, et une petite voix lui dit qu'elle a fait tout ce qu'elle a pu.

Elle repose ses maniques dans le carton, puis s'allonge sur son lit et fixe le mur blanc. Elle n'a pas raccroché ses posters.

– C'est triste, comme ça, a dit sa mère.

Mais elle se trompe, ce n'est pas ça qui est triste. Le mur blanc, on s'en fiche.

Le soir, jambon et petits pois. La lampe dessine un cercle au milieu de la table, et autour de ce cercle il y a leurs quatre assiettes.

Son père l'interroge :

– Tu as dit à Kate que tu allais revenir t'entraîner avec eux ?

– Pas encore...

– Tu es sûre que tu ne veux pas qu'on le fasse ? insiste-t-il.

– Non, je ne veux pas, affirme Lilou, sur la défensive. Je vais le faire...

Il l'observe.

– Ne traîne pas, quand même. Il faut être sûrs que tu as un endroit où atterrir...

– Je sais, marmonne-t-elle.

– Mange, Clara, dit sa mère d'une voix tendue, à Clara qui lèche consciencieusement, une à une, les dents de sa fourchette.

*

Le vent s'est arrêté de souffler, et le soleil de début de soirée est doux sur la peau, mais Lilou le sent à peine. Elle fait glisser entre ses doigts des poignées de sable, les unes après les autres, concentrée sur le glissement silencieux des grains.

C'est quoi, sa façon à elle de voler ?

Elle repense malgré elle à son dernier stage en bord de mer avec les filles de l'équipe de France. C'était à la Toussaint, à Barcelone. Ses seuls soucis, à l'époque : des ampoules qui ne cicatrisaient pas, une épaule qui tirait un peu. De son côté, Aline se remettait de ses douleurs aux genoux. L'horizon était aussi ouvert que la mer bleue, le ciel dégagé, sans nuages.

Soudain, un éclat de rire, et des mains qui s'abattent sur ses épaules. Elle se retourne vivement. C'est Tania, ses longs cheveux bouclés, ses yeux pleins de vie.

– Tu comptes les grains de sable ? demande-t-elle en s'asseyant près d'elle.

– Tous les jours, répond Lilou en essayant de rester sérieuse.

David arrive à son tour.

– Qu'est-ce que vous faites ? demande-t-il, surpris.

– On compte les grains de sable, répond Tania. Tu veux nous aider ?

– Okaaay...

Elle leur raconte que Toulon ne la reprendra pas. Tania se mord la lèvre. David ne dit rien. Elle se demande s'ils comprennent ce que ça veut dire pour elle ou si, finalement, ils s'en fichent un peu.

Puis Tania dit :

– Et toi, tu voulais retourner là-bas ?

Bien sûr qu'elle voulait retourner là-bas ! Les larmes lui montent aux yeux, qu'elle s'empresse de refouler.

– C'est toute ma vie, la gym. Sans la gym, j'ai l'impression que ma vie est fichue !

David fait lentement couler le sable sur sa main. Il ne dit rien.

– Vous trouvez ça ridicule ? demande Lilou d'une voix qui vibre.

– Non, proteste Tania, peinée. Pas du tout !

David la regarde.

– Pourquoi on trouverait ça ridicule ?

– Je sais pas...

Un silence suit. Alors il reprend :

– Tu dis que tu as l'impression que ta vie est fichue, mais peut-être qu'au contraire, c'est la chance de ta vie... la chance de prendre le temps de...

– De quoi ?

– De traîner sur la plage avec nous ?

Elle secoue la tête.

– Je rigole, se dépêche-t-il d'ajouter. J'essaie juste de te faire sourire.

Elle hausse les épaules, profondément troublée.

*

Plus les jours passent, moins elle a envie de reprendre. Elle est immensément triste à l'idée de ne pas revenir à Toulon. Elle a besoin de se sentir portée par l'espoir et les attentes de ses entraîneurs, elle ne peut pas continuer si Philippe et Camilla ne croient plus en elle. Elle se sent trahie, abandonnée. Elle n'a pas la force de se battre, seule, de se relever, seule. Prouver au monde entier qu'il s'est trompé.

L'envie s'est éteinte. Comme on souffle sur une bougie.

*

Elle regarde l'heure sur son portable. Déjà dix minutes de retard. Et si Margaux lui posait un lapin ?

Lilou dessine des ronds sur la table avec son doigt. Le soleil dessine un triangle sur le plastique rouge, et elle dessine des ronds à l'intérieur du triangle.

Soudain une ombre cache la lumière. Margaux est là, plantée devant la table.

– Désolée... je me suis frittée avec ma mère avant de venir, du coup je suis partie trop tard !

– Pas grave.

Lilou se lève et l'embrasse sur les joues. Elle est soulagée que Margaux soit venue.

Elle commande des Coca, puis Margaux lui sourit.

– C'est cool d'avoir le temps de se voir...

Elle se reprend, et désigne ses béquilles :

– Enfin, c'est pas cool, mais... c'est cool quand même.

Elle se tait, gênée d'avoir montré si peu de tact. Alors elle fait un effort :

– Ça doit pas être facile...

Lilou acquiesce.

– Depuis quelques mois, j'ai l'impression que tout s'écroule... d'abord, la talonnade... après, la rupture du tendon d'Achille... et... j'ai appris que Toulon ne me reprendrait pas cette année...

– Ah bon ? Mais c'est dégueulasse !

Lilou hoche la tête, bouleversée. Dégueulasse, c'est le mot qu'elle aurait aimé entendre dans la bouche de ses parents. Qu'ils prennent son parti à elle, pour une fois, au lieu de toujours justifier les décisions des entraîneurs.

– J'ai l'impression qu'ils me punissent, alors que j'ai toujours fait tout ce que je pouvais... tout...

Un énorme nœud l'empêche de terminer sa phrase. Margaux pose la main sur la sienne.

– Tu sais, Lilou, c'est ce que j'essayais de te dire la dernière fois. C'est pas si grave que ça d'arrêter. Je comprends, parce que j'ai été comme toi. J'ai cru que ma vie, c'était de me battre, d'être meilleure que les autres... mais en vrai, on s'en fout !

Lilou la fixe.

– Je cherche pas à être meilleure que les autres...

– Un peu, quand même, insiste Margaux.

Lilou essaie d'être honnête avec elle-même. Est-ce que sa motivation profonde, c'est de battre les autres ?

Elle se souvient de la première fois où elle a battu sa sœur aux Départementaux – Julia avait déclaré forfait parce qu'elle s'était fait une entorse au poignet lors de son passage au sol. Au lieu de la féliciter, sa sœur lui avait balancé d'une voix cinglante : « C'est ce que tu voulais, non, me battre ? Tu dois être contente ! »

« Qu'est-ce que j'ai fait de mal ? », avait pensé Lilou, ébranlée.

Son but n'avait jamais été de la battre, ni de battre personne d'ailleurs. Elle ne voulait qu'une seule chose, être aimée.

Elle ne pouvait pas imaginer que Julia la ressentait comme une menace. Que Julia, elle aussi, avait besoin d'être aimée. Et qu'elle avait peur que cette petite sœur trop douée lui vole l'attention dont elle avait désespérément besoin.

Être aimée de ses entraîneurs, de ses parents, de ses fans, de ses 50 000 followers. C'est ça que sa médaille de bronze lui a donné. Une perfusion d'amour.

Mais un amour sous condition.

Qui va l'aimer, maintenant ?

L'image de Tania et de David l'effleure, mais elle ne veut pas s'y attarder.

Elle tourne lentement la touillette dans son Coca.

– Quand on passe toutes ses heures dans un gymnase, reprend Margaux, on a l'impression que la vie, c'est ça. Qu'il n'y a rien de plus important qu'un double salto. Mais en vrai...

Elle secoue la tête.

– Il y a un moment où tu te dis : je sais faire un double, et alors ?

Lilou la regarde.

« Oui, pense-t-elle, et alors ? »

Elle se demande pourquoi les autres ont le droit de vivre des vies normales et elle, si elle ne va pas à Tokyo, elle n'est plus rien.

Et si elle avait droit, elle aussi, à une vie normale ?

20

– J'ai réfléchi, en fait. Je ne veux pas reprendre à Saint-Blaise, ça ne m'intéresse pas. Je veux arrêter.

Leur réaction est immédiate, violente. Sa mère écarquille les yeux, tandis que son père secoue la tête.

– C'est quoi, ce délire ?

Elle ne répond pas, effrayée par ce qu'elle est en train de provoquer malgré elle. Un séisme dont elle ne mesure ni la force ni la portée.

– C'est pas du délire. J'ai vraiment réfléchi !

Son père secoue à nouveau la tête.

– Tu ne peux pas décider comme ça, Lilou... déclare-t-il. Tu es tombée à un mois et demi des

JO, tu es déçue, c'est normal, c'est terrible. Il te faut du temps pour digérer tout ça...

– C'est pas seulement ça, c'est...

– Tu es encore sous le choc, intervient sa mère.

– Mais non, c'est pas ça... Bien sûr que je suis déçue, mais c'est pas *seulement* ça...

Elle les fixe, les larmes aux yeux. Elle aimerait tellement qu'ils la comprennent. Qu'ils l'écoutent, qu'ils la croient. Mais non. Toujours ce même message : *Ton ressenti ne compte pas. Tu ne sais pas ce qui est bon pour toi. Nous, on sait.*

Elle ne s'est jamais sentie aussi seule.

Pour la première fois de sa vie, ses parents lui apparaissent comme des ennemis. Comme des gens qui lui veulent du mal. Enfin, qui ne lui *veulent* peut-être pas du mal, mais qui lui *font* du mal.

Des gens qui font passer leurs désirs avant son bien-être.

Elle repense à la colère du docteur Monnot et maintenant, elle la comprend.

Elle part sans claquer la porte. Elle part parce qu'elle n'a pas les mots.

Il est neuf heures du soir, dans le quartier résidentiel où ils habitent, la plupart des gens sont chez eux, les rues sont vides.

Elle marche en direction de la plage Beau-Rivage, là où elle a rencontré Tania et David la première fois.

C'est loin. Elle marche longtemps.

Les parasols de la plage privée sont rangés, saucissonnés pour la nuit. Trois garçons jouent au ballon, des touristes finissent de remballer leurs affaires. Elle marche sur le tapis rouge, puis elle pose un pied sur le sable, et un deuxième, mais les béquilles s'enfoncent, alors elle les abandonne, et elle continue à genoux. Les gros grains de sable crissent sous son poids. Elle a envie d'être près de la mer, de se laisser absorber par elle.

Elle s'assoit sur le sable humide et regarde les vagues s'étaler, transparentes comme des méduses.

Le ciel bleu pâle perd peu à peu ses couleurs, tandis qu'un lourd bateau de croisière, noir et massif, avance lentement sur la ligne d'horizon.

Au loin, le bruit de moteur d'un bateau de pêche.

Le sac.

Le ressac.

Lilou essaie de calmer la douleur, de calfeutrer la plaie, mais aucun mot ne la console. Elle est à vif, la chair à nu. Le vent qui la frôle est une blessure.

Résonnent dans sa tête ces mots étranges : *Pourquoi vous ne m'aimez pas ?*

Si ses parents l'aimaient, lui semble-t-il, ils l'écouteraient.

Après l'abandon de Philippe, qui était devenu pour elle un deuxième père, elle a besoin que ses vrais parents la soutiennent, qu'ils la prennent dans leurs bras en lui disant « On s'en fiche, on t'aime, quoi qu'il en soit. »

Mais non. Ils sont dans le camp de ceux qui l'ont jetée, du côté de ceux qui l'ont déclarée bonne pour la casse, qui l'ont éjectée de leur monde où il n'y a que des filles qui fonctionnent, les filles qui performent, les filles qui tourbillonnent.

Un monde où on ne s'arrête pas pour attendre celles qui boitent ou qui ont un point de côté. Un monde où, dès qu'on ne peut plus donner son meilleur, on n'est plus rien.

Alors oui, elle a l'impression horrible que ses parents ne l'aiment pas, que tout ce qui compte pour eux, c'est les médailles, c'est d'être les parents de Lilou-la-championne et que Lilou-tout-court ne les intéresse pas.

Le froid la gagne peu à peu. Elle glisse les mains dans ses poches. Elle est étonnée d'y trouver quelque chose.

Trois petits bouts de bois.

Elle se souvient alors de ce moment, lors de la promenade, le week-end avant les championnats d'Europe où elle n'est finalement pas allée. Elle était triste, tendue, et Clara lui avait donné ces bouts de bois.

Clara.

Elle revoit son visage d'enfant-pas-conforme. De petite fille qui n'a pas su parler avant six ans et qui ne sait toujours pas dire « je ».

Pour Clara, une médaille n'est rien d'autre qu'un bout de métal froid.

Ça ne l'empêche pas de l'aimer, et de le lui montrer.

Tout à coup, sa petite sœur lui manque terriblement.

Quand elle rentre, il fait nuit, les rues résidentielles sont comme endormies.

À peine pousse-t-elle la porte d'entrée que sa mère surgit, le visage défait, rongé par l'angoisse.

– Où tu étais ? On était super inquiets !

– Pardon, lâche-t-elle du bout des lèvres.

– On a failli appeler la police, Lilou ! Tu te rends compte ? Partir comme ça ?

– J'avais besoin de marcher ! se défend-elle.

– Tu avais besoin... Et nous ? Ça ne compte pas, ce qu'on ressent ? Comment tu peux être aussi égoïste ?

– Je suis pas égoïste ! crie-t-elle. C'est pas vrai !

Son père, arrivé discrètement dans l'entrée, tire sa mère par la manche.

– Laisse-la, dit-il à voix basse.

Sa mère se retourne vivement, avec une expression d'incompréhension et de colère. Mais son père lui dit quelque chose avec les yeux, quelque chose comme : « Ce n'est pas le moment, tu vois bien qu'on ne peut pas lui parler maintenant », et sa mère n'ajoute rien.

Elle se sent encore plus heurtée par le silence de son père.

Lilou gagne la cuisine et se verse un verre d'eau. Elle a l'impression d'être abandonnée.

Avant de se coucher, elle se faufile dans la chambre de Clara, qui dort sur le côté, le pouce à moitié sorti de sa bouche.

Lilou regarde son visage menu, sa tension à fleur de peau, sa fragilité. Les larmes lui piquent les yeux. Elle caresse sa joue de loin, sans la toucher, pour ne surtout pas la réveiller, puis elle chuchote : « Merci d'être toi, Clara. »

En partant, elle referme doucement la porte.

21

Le lendemain, en fin de matinée, on frappe à la porte. Des petits coups discrets. Elle sait que c'est sa mère. Quelque chose en elle se durcit, elle se prépare au combat.

– Oui ?

La porte s'ouvre, et sa mère entre. Elle a un visage fatigué, un peu absent. Elle s'avance dans la chambre, voit le carton ouvert posé sous la fenêtre.

– Tu n'as toujours pas sorti tes affaires ?

Lilou secoue la tête.

Sa mère plonge la main dans le carton et en ressort le justaucorps de l'équipe de France. Elle le déplie, puis le repose d'un geste triste.

Le silence s'éternise.

– Je suis désolée d'être tombée, dit Lilou d'une voix dure.

Sa mère relève les yeux.

– Tu n'as pas à être désolée. C'est nous qui sommes désolés pour toi, Lilou. On sait tous les efforts que tu fais depuis des années... on ne trouve pas ça juste.

Lilou baisse les yeux.

– Tu méritais vraiment d'aller aux Jeux, ajoute sa mère. Tu sais, Lilou...

Elle s'interrompt. Leurs regards se croisent. Lilou attend, le cœur battant.

– Notre seul souci, c'est que tu ne regrettes rien...

– Je n'ai pas le choix, maman, dit-elle, la gorge nouée. Je n'en peux plus... je suis à bout de... à bout de force...

Ses yeux se mouillent.

– Mais tu vas la retrouver, ta force. À ton âge, on est enfermé dans le présent, on ne se rend pas compte de tout ce que le temps répare...

Lilou soupire. Nouveau silence. Elle se jette à l'eau.

– Je ne sais pas si j'ai envie, en fait. Je crois que j'ai plus envie.

– Comment ça ? Plus envie de quoi ?

– Tous les efforts que ça demande, marmonne-t-elle, un peu honteuse, comme si elle était paresseuse. La pression… je ne sais pas…

Elle ne dit pas qu'elle s'est sentie abandonnée par sa deuxième famille. Qu'elle croyait à leur amour, aussi bête que ça puisse paraître. Qu'ils comptaient plus que tout, pour elle. Philippe, Camilla et, avant eux, Kate.

Elle s'essuie les yeux et regarde sa mère.

– Tu comprends, reprend celle-ci, ce serait si bête de baisser les bras juste… parce que tu traverses un passage à vide… Tu peux reprendre tranquillement, voir comment les sensations reviennent… sans pression… Pourquoi ne pas essayer ? Qu'est-ce que tu as à perdre ?

Lilou ne répond pas.

– La chance que tu as maintenant, tu ne l'auras plus jamais, insiste sa mère.

– Mais ma jeunesse non plus, je ne l'aurai plus jamais.

Quelque chose se fige dans l'expression de sa mère.

– J'avais l'impression que tu étais heureuse ! proteste-t-elle. Tous les stages, tous les voyages… tu te rends compte de la chance que tu as eue ? Moi, tu sais, j'aurais rêvé de…

Tu aurais rêvé de quoi ? D'avoir mal ? D'avoir peur ? De te détester du soir au matin, parce que ce n'est jamais assez bien ?

Mais ce n'est pas ça que pense Lilou. Le regret l'envahit, elle glisse sur la pente sans rien qui la retienne. Elle pense à ses familles d'accueil du bout du monde. Ses voyages en Chine, en Espagne, en Australie. Elle ne sait plus, tout à coup, ce qu'elle reproche à cette vie-là, elle ne sait plus pourquoi elle fuit. Elle serre les lèvres, perdue.

– Tu as peut-être l'impression que ce n'est rien, reprend sa mère, mais tu sais tous les sacrifices qu'on a faits pour toi ? Tu sais à quel point ça a été dur de te voir partir à onze ans ? Pendant des mois, j'ai pleuré tous les dimanches soir...

Lilou ressent un choc. Sa mère avait l'air tellement fière... Elle n'a pas senti à quel point c'était une épreuve pour elle.

– Tu ne me l'as jamais dit, murmure-t-elle.

– Non... Je voulais que tu réalises ton rêve. C'était toute ta vie, la gym ! Le week-end, tu préférais mille fois rester à t'entraîner plutôt que de venir marcher ou te baigner avec nous... Rien d'autre ne t'intéressait que la gym...

Des larmes coulent sur les joues de sa mère. Lilou se sent coupable. Coupable, encore une fois, de demander le droit de vivre une vie ordinaire. Elle ne supporte pas de faire pleurer sa mère.

– Tu comprends, reprend celle-ci, si c'est pour arrêter maintenant, je me dis qu'on a peut-être eu tort, qu'on aurait mieux fait de te garder avec nous...

Une émotion puissante submerge Lilou, imprévisible, une énorme vague, un tsunami.

– C'est dégueulasse de me dire ça !

À cet instant, elle déteste sa mère. Parce qu'elle ne participe pas aux Jeux, tout ce qu'elle a fait ne vaut plus rien ?

Elle se lève.

Lilou passe la journée à marcher dans Nice. Elle a prévenu sa mère, qui a juste répondu : « OK ».

Alors qu'elle marche à travers les ruelles tortueuses du vieux Nice, elle pense à Tania et David. Elle a l'impression étrange qu'ils ont ouvert une porte en elle et que maintenant, elle n'a plus envie qu'elle se referme.

Elle en veut à sa mère de ne pas la soutenir, alors qu'elle a tellement besoin de se sentir écoutée, consolée, rassurée, au moment où elle tourne une page si importante de sa vie.

À midi, elle mange un sandwich, assise sur un banc place Masséna. Elle regarde les tramways passer, le flot des gens qui vont et viennent. Deux amoureuses qui se tiennent par la main. Des collégiens qui jouent bruyamment à s'arroser au bord du bassin, dans les cris et les éclats de rire. Une femme qui porte son enfant dans les bras parce qu'il est fatigué de marcher. Le regard de Lilou s'arrête sur elle. L'enfant doit avoir deux ou trois ans, il a l'air lourd. Immédiatement, elle pense à sa mère et à Clara, à tous les sacrifices qu'elle a faits : prendre un travail à mi-temps, mettre sa carrière entre parenthèses... mais aussi à ces larmes qu'elle a versées les dimanches soir. Elle se dit que sa mère a souvent fait passer les besoins de ses enfants avant les siens, et ça la rend triste.

Quand elle rentre, en fin d'après-midi, elle se sent calme. À table, elle redit à ses parents qu'elle ne veut pas reprendre à Saint-Blaise. Clara est là, Lilou espère que ça aidera à garder la discussion sous contrôle.

– Franchement, dit son père, je ne comprends pas.

Tout de suite, la culpabilité l'étreint. Elle se braque.

– Qu'est-ce que tu ne comprends pas ?

Il prend une brusque inspiration.

– Que tu veuilles arrêter alors que tu es si près du but. Parce que vivre les Jeux, dans sa vie, c'est unique, et je suis sûr que tu peux aller à Tokyo.

Sa confiance la touche, même si elle se dépêche de le détromper.

– Moi, je ne crois pas. Parce qu'il faut un moteur pour aller à Tokyo. Si je le fais juste pour toi, ça ne peut pas marcher.

Quelque chose passe dans les yeux de son père.

– Comment ça, juste pour moi ? Tu vas me dire que toi, tu n'as plus envie ? demande-t-il, incrédule.

Une émotion bizarre s'empare d'elle. Est-ce qu'elle n'a plus envie ? Elle aimerait être sûre.

– Arrêter quand on est à ce niveau-là, après tous les efforts que tu as faits... reprend-il.

– J'ai déjà ma médaille de bronze des championnats du monde, se défend Lilou, mal à l'aise. C'est pas si mal, non ?

– Bien sûr, c'est génial... Mais justement. T'arrêter alors que tu pourrais décrocher une médaille olympique...

– Pourquoi tu veux toujours mieux ? s'insurge-t-elle d'une voix tendue.

Sa mère les écoute sans rien dire. Elle pose le plat sur la table, elle sert Clara, sépare dans son assiette les carottes et les pommes de terre d'un geste machinal.

Clara, elle, surveille l'opération avec la plus grande intensité.

Lilou aimerait parfois, comme elle, être capable de s'abstraire de la situation, de s'isoler dans une bulle au milieu du bruit et de la fureur. Mais c'est de sa vie dont il est question, ce n'est pas le moment de se défiler.

– On ne peut pas faire les choses juste pour les JO... scande-t-elle. On ne peut pas sacrifier quatre ans de sa vie juste pour ça. Il faut trouver assez de plaisir, au quotidien, à s'entraîner... sinon, c'est... je sais pas... c'est...

– Tu n'as plus de plaisir ? s'étonne-t-il. Tu n'aimes plus la gym ?

– Si, bien sûr. Je sais que ça va me manquer... reconnaît-elle, la gorge nouée, dans un souci d'honnêteté.

– Tu vois... commence son père.

– Oui ! Mais... je... je sais aussi que j'en peux plus !

Elle se tait.

Leur mère verse de l'eau dans le verre de Clara. Tout en mangeant, Lilou réfléchit à ce qu'elle ressent, elle essaie de trouver les mots justes.

– Je n'ai pas la force de tout recommencer à zéro...

– Pas à zéro, l'interrompt son père.

– Non, bien sûr, mais... Tu sais ce que c'est, toi ?

Elle se tait à nouveau.

– C'est vrai que c'est dur, dit alors sa mère.

Il pose les yeux sur sa femme, surpris, puis prend un morceau de pain.

– Évidemment que c'est dur... pourquoi on les admire autant, tu crois, les champions ? Parce que très peu de gens en sont capables.

Lilou sent ses yeux se mouiller.

– Justement, dit-elle. Donnez-moi le droit de ne pas être capable... J'ai fait tout ce que je pouvais... je suis même allée trop loin... j'aurais pu me blesser bien plus gravement... je n'étais pas en état, ce jour-là. Il avait raison, Monnot, je n'aurais jamais dû reprendre !

Elle se mord la lèvre.

Ni sa mère ni son père n'ose plus rien dire.

Après le repas, il la rejoint sur le canapé, alors qu'elle relit les derniers messages d'Aline.

Il pose la main sur son genou.

– Écoute, Lilou, dit-il d'une voix grave. J'ai entendu ce que t'as dit. Je ne pensais pas que... c'était à ce point-là... que t'étais fatiguée comme ça...

Elle le prend comme un reproche. Elle s'insurge.

– Mais toi, quand tu as voulu arrêter le basket, tu as eu le droit !

Il paraît interdit.

– Ça n'a rien à voir... j'étais pas du tout à ton niveau !

– Parce que j'ai décroché une médaille de bronze aux championnats du monde, je ne suis plus libre ?

Il ne sait pas répondre à ça. Il soupire à nouveau, puis leurs regards se croisent. Une expression de tendresse passe sur son visage.

– Ah, celle-là, pour être têtue, elle est têtue...

– On se demande de qui elle tient, rétorque-t-elle sur le même ton.

22

C'est un immeuble de huit étages, des antennes paraboliques sur les balcons, du linge qui sèche, l'interphone grésille, on ne comprend rien, mais ça n'a pas d'importance, parce que la porte est cassée, il suffit de la pousser.

Les graffitis dans l'ascenseur, Lilou essaie de ne pas les lire, ça la met mal à l'aise.

Sa sœur habite au sixième, chez Illias. Lilou lui a téléphoné en début d'après-midi.

– Je peux passer te voir ?

Petit silence.

– Pas de problème, a répondu Julia d'une voix retenue, qui lui a fait douter de sa démarche.

Voilà maintenant que la porte s'ouvre et que Julia apparaît, en jean slim noir et sweat gris à capuche. Elle a toujours ses yeux verts, son nez retroussé, ses cheveux frisés un peu fous, mais maintenant, il y a la mèche bleue et le piercing. C'est sa grande sœur, et elle a l'impression d'être face à une étrangère.

Julia lui tend la main pour un check. Lilou frappe.

– Merci, murmure Lilou.

– Pas de problème, répète Julia.

Lilou entre. À gauche, elle aperçoit une cuisine, à droite la pièce de vie, pas très grande, avec un canapé-lit couvert de coussins colorés, une table basse bricolée avec des palettes en bois brut récupérées. Une porte-fenêtre ouvre sur un petit balcon. Et comme toujours à Nice, il y a le ciel immense, et les cris des mouettes.

– Je te sers quoi ? Du jus ?

– Très bien, dit Lilou.

– Installe-toi, lui dit Julia en l'invitant d'un geste.

Elle s'avance dans la pièce et s'assoit, puis croise les jambes. Elle ne se sent pas très à l'aise dans cet univers si différent du sien.

Illias arrive de la salle de bains, les cheveux encore mouillés. Il lui sourit, se penche pour lui faire la bise.

– C'était pas trop long, depuis l'arrêt de bus, avec tes béquilles ?

– Je commence à avoir l'habitude...

– Tu pourrais marcher sur les mains, fait-il remarquer en plaisantant.

Il ne sait pas qu'elle pourrait tout à fait. Au pôle, elles faisaient parfois des courses sur les mains, pour se détendre. Aline perdait parce qu'au bout d'un moment, elle ne pouvait pas s'empêcher de rire.

– Alors, c'est ça l'esprit de gagne ? lui lançait Camilla.

Mais elle non plus, elle ne prenait pas ça au sérieux. Peut-être savait-elle que les vraies gagneuses, c'est celles qui savent relâcher. Quand on est tendu tout le temps, on casse.

Peut-être que ce qui manque à Lilou, c'est justement ça. Cette capacité à être légère, à lâcher prise.

Pendant qu'Illias sort des verres, Julia les rejoint, une bouteille de Pampryl à la main. Du jus d'abricot.

Ils boivent dans un silence un peu gêné.

– Qu'est-ce qui se passe ? demande alors Julia.

Lilou l'interroge des yeux, comme si elle ne comprenait pas la question.

– T'es pas venue comme ça, sans raison, j'imagine, fait remarquer sa sœur.

Lilou hésite un instant.

– J'ai décidé d'arrêter la gym.

Julia hausse les sourcils.

– Tu l'as dit aux parents ?

– Oui.

Sa sœur émet un long sifflement. Illias se met à rire.

– T'es moqueuse, proteste-t-il. C'est pas gentil...

– Franchement, dit Julia, je pense qu'il faut plus de courage pour dire aux parents que t'arrêtes que pour faire une double vrille avec une jambe cassée.

Lilou laisse échapper un sourire un peu crispé. Son cœur cogne. Elle en veut à ses parents, mais elle a le sentiment que Julia va trop loin.

Elle porte son verre à ses lèvres et boit longuement. Elle se demande si elle s'est trompée en venant voir sa sœur.

– Qu'est-ce qui s'est passé ? demande Illias. Pour que tu changes d'avis ?

– Je sais pas...

Elle baisse les yeux et se tait.

Après un silence, sans les regarder, elle dit :

– J'en peux plus.

– Je comprends, dit tout de suite Illias.

Des larmes coulent sur ses joues. Des larmes surgies de nulle part et qu'elle n'a pas vu venir. Celles, peut-être, qui auraient dû couler face à ses parents, et qui n'ont pas pu sortir.

À sa grande surprise, Julia passe un bras autour de ses épaules et dépose un baiser sur ses cheveux.

– Moi aussi, je te comprends, dit-elle.

Lilou sourit, bouleversée.

– T'as le droit de craquer, lui dit Julia. On ne peut pas être fort tout le temps.

Elles échangent un bref regard. Julia détache son bras et se penche pour attraper son paquet de tabac à rouler.

– Depuis que Clara est née, ajoute-t-elle, c'est comme ça. On n'a pas le droit de se laisser aller, d'être fragile. Faut toujours prendre sur nous...

Elle secoue la tête, avant de reprendre :

– J'ai rien contre Clara, évidemment, mais il n'y en avait que pour elle, à la maison. Quand elle est née, les parents ont oublié qu'ils avaient aussi deux petites filles normales, qui pleurent quand elles se font mal, qui s'excitent, qui se disputent. Je sais que Clara avait des besoins spéciaux, mais nous aussi, on avait le droit d'être des enfants ! Tu te rappelles comment maman nous criait dessus ?

– Elle était épuisée, ne peut s'empêcher de dire Lilou, par réflexe.

– D'accord, mais...

Elle se tait un bref instant.

– C'était injuste, insiste-t-elle.

Lilou réfléchit. Elle revoit Julia enfant, son visage rouge défiguré par la colère, ses yeux gonflés par les larmes. Leur mère l'attrapait par les bras et la secouait. Elle lui disait qu'elle était insupportable.

Jamais elle n'a dit à Clara qu'elle était insupportable.

– C'est vrai, c'était injuste, dit Lilou.

Après un silence, elle ajoute :

– Je me demande si c'est pour ça que je me sentais tellement bien au gymnase… On n'avait pas besoin de marcher sur la pointe des pieds. On n'avait pas peur de provoquer les crises de Clara…

– Oui, dit Julia, mais je me faisais gronder là-bas aussi.

– C'est vrai. Alors que tu étais tellement douée !

Julia sourit.

– J'aurais adoré qu'on fasse de la gym ensemble, reprend Lilou, heureuse de pouvoir dire à sa sœur à quel point elle tient à elle.

Julia secoue la tête.

– On n'aurait pas pu. On se serait détestées, parce qu'il n'y a qu'une marche en haut du podium. Ça aurait été l'horreur…

– C'est pour ça que t'as arrêté ? demande-t-elle, le cœur battant.

Julia prend une profonde inspiration.

– Peut-être, je sais pas. Je sentais que t'avais plus la niaque que moi. J'ai préféré trouver une autre façon...

– Le théâtre ?

Julia acquiesce. Elle roule lentement sa cigarette et la porte à ses lèvres sans l'allumer.

– Tu m'en as voulu ? demande Lilou à brûle-pourpoint.

– Non... je crois pas...

– J'avais l'impression que tu me détestais... insiste-t-elle, la gorge nouée.

Julia secoue la tête.

– Je t'ai jamais détestée. Mais à un moment, je supportais plus l'ambiance à la maison... je sais pas, j'étouffais...

Julia se penche sur la table basse en palettes et attrape son briquet.

Elle allume sa cigarette.

– Tu peux aller fumer dehors, s'teu plaît ? demande Illias.

Elle hoche la tête et se lève. Elle fait signe à Lilou de la suivre sur le balcon. Dehors, le vent souffle, sur les balcons alentour, les vêtements colorés sont secoués en tous sens. Les cheveux de Lilou lui volent dans les yeux, elle les dégage, s'appuie à la balustrade.

Son regard balaie les toits des maisons sans vraiment les voir.

Julia s'installe à côté d'elle.

– Tu te rappelles, quand on était petites, on allait à la plage le dimanche soir et on faisait des roues sur le sable ?

– C'était tous les dimanches ? s'étonne Lilou.

Julia acquiesce.

– Oui. J'aimais beaucoup ce moment. C'était doux...

Lilou reste silencieuse. Elle était plus jeune, elle se souvient moins bien.

– Tu sais, si j'ai arrêté, c'est aussi... parce qu'il y a eu une histoire avec Donn. Une fois où ils étaient seuls dans les vestiaires, il a essayé d'embrasser Mila...

– Ah bon ? s'exclame Lilou, horrifiée.

– C'est dégueu, hein ? Moi, j'adorais Donn, confie-t-elle. Il était gentil, il me faisait rire... Alors que je me sentais nulle, il me donnait l'impression que j'étais intéressante... Mais l'histoire avec Mila, ça a tout cassé. Petit à petit, je n'ai plus rien supporté... Je regardais les filles en train de grimacer pendant les étirements et je me disais : « Mais pourquoi on s'impose ça ? » Tout avait perdu son sens, en fait...

Lilou hoche la tête.

– Ça, et puis... j'étais quand même un peu jalouse... c'était pas facile de te voir réussir des trucs que je ferais jamais... Tu sais... je l'ai jamais avoué à personne, mais ça m'a vraiment vexée quand Kate a dit aux parents que tu devrais tenter d'entrer à Toulon. J'étais blessée qu'elle n'ait pas pensé à moi. Pour me consoler, je me disais que tu serais jamais prise... et puis, si.

Lilou, bouleversée, ne dit rien.

– C'est moche, hein ? Et après, je me suis sentie abandonnée. Tu peux pas savoir le vide que ça a laissé à la maison, ton départ...

Elle se tourne vers l'extérieur et souffle très fort la fumée.

Lilou regarde le profil de sa sœur, son nez retroussé, ses cheveux bleus qui volent.

– On aurait dû partir ensemble, dit-elle, la gorge nouée.

Julia secoue lentement la tête.

– Kate avait raison. J'aurais jamais supporté.

– Les trente heures d'entraînement ?

– Ça, franchement, je crois que j'aurais aimé, mais… Quand on est venus te voir aux portes ouvertes, j'ai eu l'impression que… Je suis sûre que tu ne vas pas comprendre, mais j'ai eu l'impression qu'à partir du moment où t'es en pôle, tu ne te poses plus de questions. Genre : « Est-ce que j'ai envie, là, de faire ça ? » Non, tu fais. Tu arrêtes de décider de ta vie.

Un silence suit.

– C'est pas vraiment ça, se défend Lilou. Mais si tu ne fais pas confiance à ton coach, c'est sûr que ça n'a pas de sens…

– Tu vois ? C'est ce que je veux dire. Une confiance aveugle.

Lilou acquiesce lentement. C'est ça qu'elle a aimé, justement. Se forcer à faire confiance à l'autre plutôt qu'écouter sa peur. Et puis sentir que sa vie était entre les mains de gens qui savent. Sans la confiance absolue qu'elle portait à Philippe, elle n'aurait jamais pu se dépasser comme elle l'a fait.

– Moi, reprend Julia, j'ai besoin de savoir que c'est moi qui tiens les rênes…

– T'as toujours été comme ça, fait remarquer Lilou. Je me souviens, quand tu ne voulais pas faire quelque chose… même Kate n'arrivait à rien.

Julia sourit.

En sortant, Lilou décide de marcher, même si elle en a pour plus d'une heure, avec ses béquilles. Les paroles de Julia tournent dans sa tête. Ses réflexions sur la confiance aveugle, sur la liberté… Elle ne s'est jamais sentie en prison, ni privée de liberté, parce qu'elle avait choisi cette vie-là. Mais aujourd'hui, c'est différent. Est-ce que ses parents ne peuvent pas comprendre qu'elle a changé ?

23

Quelques jours plus tard, en rentrant d'un après-midi avec Margaux, elle trouve un paquet plat posé sur son lit.

Le cœur battant, elle déchire le papier cadeau.

C'est une jolie serviette de plage avec des rayures bleues, grises et vertes.

Elle gagne la cuisine. Sa mère est debout, adossée contre le comptoir. Elle consulte un catalogue d'agence de voyages. Ils ne partent jamais, mais elle aime rêver en tournant les pages.

– Merci, dit-elle.

Sa mère lève la tête. Elle voit Lilou, voit la serviette dans ses mains, et un sourire lui monte aux lèvres. Lilou garde un moment son regard dans les yeux de sa mère. Elle y lit ces mots qu'elle attendait si fort : « Je t'aime, quel que soit ton choix. » Une émotion profonde la traverse.

– Merci, maman ! répète-t-elle, bouleversée.

Elle se jette dans ses bras. Sa mère la serre longuement contre elle.

– Je vais l'étrenner demain, déclare-t-elle en se redressant. J'ai rendez-vous avec David et Tania.

– David et Tania ? s'étonne sa mère, qui entend ces noms pour la première fois.

– Ce sont des amis que j'ai rencontrés par hasard. Ils vont au lycée Masséna.

Sa mère hoche la tête.

– OK, super.

Lilou a l'impression qu'elle est sincèrement contente pour elle.

*

Elle retrouve David sur la promenade des Anglais en fin d'après-midi. Tania les a prévenus que son orthodontiste avait du retard et qu'elle les rejoindrait plus tard.

Alors qu'ils passent devant un glacier, David l'arrête.

– Tu penses ce que je pense ?

Elle sourit. Il se perd un instant dans la contemplation des coloris vifs, rose, orange, marron, vert, puis se tourne vers elle.

– Je vais prendre abricot et fraise. Tu veux quoi ?

Elle n'hésite pas longtemps.

– Crème et nocciolata.

Ça fait des années qu'elle en a envie sans vouloir se l'avouer. Des années qu'elle prétend que la framboise est son parfum préféré – parce que c'est du sorbet, c'est de l'eau, c'est presque sans danger.

Elle attrape le cornet et remercie le vendeur, puis lèche la glace, qui fond sous sa langue. Elle a plus qu'un goût de crème glacée, un goût de libération. Lilou se sent des ailes, tout à coup, elle se sent puissante.

Pas la même puissance que lorsqu'elle s'envole dans les airs, quelque chose de plus intérieur, d'indéfinissable.

Évidemment, quand elle finit la glace, elle est envahie par un sentiment de culpabilité. La crème lui pèse sur l'estomac.

Pas si facile de tourner le dos, du jour au lendemain, à des années de conditionnement.

– Ça ne va pas ? lui demande David.

– Si, si.

Elle s'étonne de sa sensibilité. C'est presque dérangeant, elle n'est pas habituée à ce qu'on prête attention à ses émotions.

Le téléphone de David sonne. C'est Tania, elle est enfin sortie... Où est-ce qu'on se retrouve ?

David et Lilou remontent la promenade des Anglais. Le soleil est encore haut, le ciel dégagé, mais un vent froid souffle.

– On n'aurait pas dû manger des glaces, dit Lilou, frissonnant.

David lui jette un rapide coup d'œil.

– Tu crois qu'il fera assez chaud pour se baigner ? s'inquiète-t-elle.

– On n'est pas obligés de se baigner...

Elle pense à sa nouvelle serviette, qu'elle avait envie d'étrenner, puis elle se dit qu'il a raison, que ce n'est pas grave. Il y aura une prochaine fois.

À une centaine de mètres, Tania leur fait de grands gestes des bras. Lilou éprouve du plaisir à retrouver ses longs cheveux blond-roux, son visage doux et lumineux. Mais pour une fois, Tania a l'air maussade.

– Je vais devoir porter des bagues, c'est chiant... explique-t-elle en grimaçant, avant d'ajouter, d'un ton fataliste. Enfin bon... il faut souffrir pour être belle...

David hausse les sourcils, visiblement pas d'accord.

– Moi, je te trouve déjà belle.

– Mais regarde ! proteste-t-elle en abaissant sa lèvre inférieure.

– C'est pas moche, rétorque-t-il. Pourquoi il faudrait qu'on ait tous les mêmes dents bien alignées ?

– C'est facile à dire quand on n'a pas eu besoin d'un appareil !

Il fait quelques pas en silence.

– C'est quoi, votre plus grand complexe ? demande Tania.

Lilou pense à son corps musclé. Au collège, il lui est arrivé de se faire moquer par des garçons.

– Moi, je n'ai pas de complexe, déclare David. Je suis parfait.

Tania le pousse, et il rit.

– En vrai, ce n'est pas intéressant, la perfection, reprend David. C'est les défauts qui sont intéressants...

– Très drôle !

– Mais si, proteste-t-il. Regarde... Si on était tous parfaits, on serait tous pareils... Ce serait nul !

Tania prend le temps de réfléchir. Lilou se sent agacée. Elle a l'impression que ce sont des paroles en l'air.

– Si tu aimes vraiment les gens imparfaits, tu devrais rencontrer ma sœur…

Il la regarde d'un air surpris.

– Ma petite sœur, explique Lilou, gênée. Elle est autiste. Mais pas autiste de haut niveau. Elle ne parle presque pas.

David l'observe un instant.

– Mais oui, dit-il. Pourquoi tu ne l'emmènes pas avec nous un soir ?

– Tu rigoles ?

– Où est le problème ?

Lilou comprend qu'il est sérieux. Et tout à coup, ça ne lui paraît pas si fou…

Elle arrive au pied de son immeuble quand son téléphone sonne. Elle s'arrête pour prendre ses deux béquilles dans la même main, et le sort de sa poche.

Lorsqu'elle découvre le nom affiché, son cœur fait un bond dans sa poitrine. Un bond à sortir de sa cage thoracique. Son cœur bat, bat, bat, ça fait comme un galop sous sa poitrine, les sabots qui cognent contre sa peau, la déchirent à l'intérieur.

Elle décroche.

– Allô ?

– Lilou ?

C'est la voix de Philippe. Il lui dit qu'il appelle parce qu'il trouve ça injuste, la décision du staff, mais qu'il ne faut pas qu'elle se décourage.

– Moi, j'étais pour que tu reviennes, dit-il.

Tout se fracasse dans sa tête.

– Merci, murmure-t-elle.

– C'est normal, rétorque Philippe.

– C'est Camilla, c'est ça ? demande-t-elle, la gorge nouée. Qui ne veut pas que je revienne...

Un silence.

– Camilla pense que tu te mets trop la pression. Que tu reprendras plus doucement en club. Et qu'après... c'est ton corps qui dira...

Elle prend une profonde inspiration. Elle n'arrive pas à parler. Elle a envie de pleurer et en même temps ça ne coule pas.

– Mmm, dit-elle seulement.

– Moi, je pense que le corps, ça n'existe pas. Le mental et le corps, ça va ensemble. Je crois que tu te remettras plus vite si t'es avec nous. Mais tu sais... enfin, non, tu le sais pas, mais c'est pas moi qui décide.

– Mmm.

– Ça arrive, des moments comme ça. Ça arrive à presque tous les sportifs de haut niveau, OK ? Faut pas que tu prennes ça comme un échec. Ça fait partie de la route. Tu as tout pour être une championne, tout. OK?

– OK.

Il lui pose quelques questions sur sa vie à Nice, puis ils raccrochent.

La tête lui tourne. Un moment, elle ne sait plus, elle est perdue. Elle sait quand même une chose. Philippe est loin. Cette année de reprise en club, il faudra la vivre seule, à Nice. Jour après jour. Elle ne s'en sent pas capable. Et puis elle sait maintenant qu'elle n'est pas qu'une gymnaste, et qu'une vie sans passer trente heures par semaine à s'entraîner, ce n'est pas une vie de mutilé comme elle le croyait au début. C'est une vie qui vaut la peine d'être vécue.

24

Sa mère a été difficile à convaincre. Clara n'aime pas la mer, qui fait trop de bruit. Elle n'aime pas le sable qui bouge sous les pieds. Elle n'aime pas non plus le vent qui souffle dans les yeux. Et puis, elle a peur des inconnus, des mouvements brusques de ceux qui jouent, des cris d'enfants.

– On ira tard, insiste Lilou, quand il n'y a presque plus personne.

– Lilou, tu projettes ton envie, tu oublies les besoins de Clara. Elle n'est pas comme toi.

« Elle n'est pas si différente, proteste Lilou intérieurement. Elle aussi, elle a besoin de passer du temps avec des amis. »

Elle propose qu'on lui demande, à Clara. Depuis le début, la petite fille écoute en triturant de la pâte à modeler marron, au milieu de la cuisine, au milieu de la discussion, avec l'air de penser qu'on parle de quelqu'un d'autre.

Un silence suit la question de Lilou.

– Clara ? insiste Lilou. Tu voudrais venir avec nous ?

Clara lève très furtivement le regard vers Lilou, puis hoche la tête et se remet à triturer la pâte à modeler.

– Elle dit ça pour te faire plaisir, elle ne sait pas si elle veut vraiment...

– Je veux, déclare Clara.

Lilou et sa mère la regardent. Sa mère complètement bouleversée.

C'est la première fois que Clara dit « je ». Quand elle parle d'elle, c'est toujours à la troisième personne.

– Tu veux ? insiste sa mère. Tu es sûre ?

Nouveau hochement de tête. Sa mère n'a pas le cœur d'abîmer ce magnifique élan.

– D'accord, dit-elle d'une voix lente. Mais Lilou, si tu sens que Clara n'est pas bien, tu rentres à la maison, tu n'insistes pas...

– Bien sûr ! Pourquoi tu me fais pas confiance ?

Sa mère paraît blessée.

– Ce n'est pas un problème de confiance, Lilou. Tu n'as pas l'habitude de t'occuper de Clara seule.

– Peut-être que tu la protèges trop ?

Elle sent qu'elle est allée trop loin. Mais il est trop tard pour rattraper ses mots.

Elle dit juste :

– T'en fais pas. Je ferai attention.

*

– Ma sœur, dit-elle. Clara.

À son soulagement, David et Tania ont retenu ce qu'elle leur a expliqué, que Clara ne supportait pas d'être touchée. Ils ne lui font pas la bise.

– David, dit-il en posant la main sur son cœur et en s'inclinant.

Tania l'imite.

Aucune expression sur le visage concentré de Clara, ce qui veut dire – Lilou le sait maintenant – qu'elle se contrôle pour ne pas laisser les émotions la déborder.

Lilou devine qu'elle veut être à la hauteur.

Alors qu'ils traversent le parking pour rejoindre la plage, Clara marche à deux mètres derrière eux. Lilou préférerait qu'elle marche devant, pour surveiller que tout se passe bien, mais elle sait que sa sœur déteste sentir une présence derrière elle, ça l'angoisse. Alors elle prend sur elle, et glisse vers elle, régulièrement, un petit regard discret.

– Tu veux enlever tes chaussures ? lui propose Tania, une fois sur la plage. C'est très doux, le sable entre les orteils...

Clara secoue la tête sans la regarder. Tania n'insiste pas.

Ils n'essaient pas de la convaincre de se baigner. Il est clair que se déshabiller serait pour elle une torture. Les vêtements la protègent d'on ne sait quelle menace, mais bien réelle. Ils ne s'approchent pas trop de l'eau, parce que les vagues lui font peur. Même les vagues fines, transparentes, qui s'étalent sur le sable, bordées de leur ourlet blanc. Elle les surveille des yeux comme si c'était un immense serpent.

Alors David garde Clara pendant que Tania et Lilou se baignent, puis ils échangent les rôles.

Excitée, heureuse, les cheveux mouillés qui dégoulinent, enveloppée de la serviette à rayures offerte par sa mère, Lilou installe Clara près d'elle, sur le sable. Elle se sent incroyablement fière d'être là avec sa sœur, incroyablement fière de sa confiance.

Elle lui sourit, même si Clara ne la regarde pas vraiment. Elle est occupée à tracer des traits dans le sable.

« Je veux », a dit Clara.

Tout en regardant le visage attentif de sa sœur, ses couettes à moitié défaites, elle repense à ce « je veux ». Qui pourrait se douter du chemin qu'il lui a fallu parcourir pour en arriver là ?

Puis elle pense au parcours de Julia, à sa propre décision d'arrêter la gym. Peut-être, songe-t-elle, que les petits triomphes personnels, les petits pas qu'on fait dans la vie, qui n'ont l'air de rien, que personne ne remarque, sont plus importants que les performances validées par des juges. A-t-il été plus difficile pour elle de réaliser un DEF que pour Clara de dire « je veux » ? Elle n'en est pas si sûre...

– Ça va ? lui demande Lilou.

Clara hoche la tête. Ça va. Lilou connaît assez sa sœur pour savoir que c'est vrai.

Puis Tania et David reviennent de leur baignade, trempés, pleins de la fraîcheur et de l'énergie de la mer.

Ils sortent la gourde et les sandwichs. Il y en a un spécial pour Clara, avec seulement du fromage, parce qu'elle n'aime pas quand trop de goûts sont mélangés ensemble.

Ils mangent tous les quatre avec appétit.

Clara observe la mouette qui sautille à quelques mètres, à la recherche de nourriture. Soudain, elle rit.

Sans raison. La mouette n'a rien fait de drôle. Peut-être est-ce un rire d'émotion, mêlée d'un peu de peur. Mais il y a aussi du plaisir, dans ce rire, Lilou en jurerait.

Lilou croise le regard de David, qui lui sourit.

La nuit tombe doucement sur la mer calme et lisse, d'un bleu soutenu. Au loin, trois voiliers se suivent, trois petits triangles blancs sur l'horizon.

Il n'y a presque plus personne à cette heure, il n'y a plus qu'eux quatre, et le vent.

Lilou se sent heureuse. Elle a envie que ce moment dure, dure, dure, et ne s'arrête jamais.

25

— Ta mission, maintenant, ce n'est plus de faire un double salto ou de monter sur le podium, c'est de retrouver l'estime de toi. De toi en tant que personne, pas pour ce que tu réussis, juste pour ce que tu es. De redevenir quelqu'un que tu aimes.

Lilou la regarde.

– *Devenir* quelqu'un que j'aime, corrige-t-elle.

La psy laisse passer un petit silence.

– Tu ne t'es jamais aimée ?

– Non.

– Même pas un peu ? demande-t-elle avec douceur.

Lilou secoue lentement la tête.

– J'ai toujours eu l'impression de ne pas être assez bien, de ne pas en faire assez...

– Assez pour quoi ?

– Pour...

Elle n'arrive pas à répondre.

– Je vais te le dire, moi, reprend la psy, tu es assez. Tu es largement assez. Et tu ne dois rien à personne. Tu n'as rien à payer, rien à faire pardonner. Tu as le droit d'être aimée juste comme tu es, blessée ou pas blessée, avec dix kilos de plus ou de moins, et même si tu arrives la dernière. Ça ne change rien. Personne n'a le droit de te le reprocher, de t'en vouloir ou d'être déçu. Personne n'a le droit d'être déçu, répète-t-elle, et surtout pas toi.

*

Elle écarte les doigts, observe les cales sur ses mains aux endroits qui, chez les chats, s'appellent des coussinets. Combien de temps avant de les perdre, ces cales ? Combien de temps pour passer du dur au mou ?

Demain matin, elle a rendez-vous avec le docteur Monnot, et si tout va bien, elle n'aura plus à porter sa minerve.

Le soir, ils fêteront ça sur la plage, Tania, David et elle. Ses parents sont d'accord, elle a jusqu'à minuit.

Elle ne sait pas – qui aurait pu l'imaginer – que les Jeux de Tokyo seront repoussés à cause d'une pandémie mondiale, que la planète entière sera mise à l'arrêt, qu'elle échappera aux affres de l'incertitude, aux longs mois sans entraînement et sans fin du confinement, mais aussi à l'angoisse de ne pas savoir si sa sélection dans l'équipe nationale sera maintenue et à la peur de ne pas tenir le coup jusqu'à l'année d'après.

Elle ne sait pas non plus qu'entre-temps aura déferlé la vague #Me Too, que l'impuissance prendra fin, que Noémie et Mila trouveront le courage de témoigner sur Twitter, que d'autres voix se joindront aux leurs et qu'une enquête sera ouverte sur Donn.

Elle ne regardera pas les Jeux à la télé. Elle ne verra pas la petite Oréane tomber aux barres, ni Aline terminer huitième à la poutre et se faire sélectionner pour la finale.

Elle sera sur la plage.

*

Ce n'est pas une plage de sable, douce et accueillante, mais une grève de galets blancs.

Elle dégringole la pente, comme une enfant. Ça tourne, tourne, tourne, le ciel, la mer, le ciel, la mer. Elle se fait mal, mais elle rit.

Ils s'assoient à côté d'elle, essoufflés.

Ils regardent l'horizon bleu.

Tania s'approche d'elle et fait glisser l'élastique de sa queue-de-cheval. Ses cheveux se répandent sur ses épaules, comme une caresse.

Elle se sent étrangement nue. Vulnérable.

Elle n'ose même plus regarder David. Elle ramasse un galet et le cogne doucement contre un autre.

– Qui veut des Curly ? demande la voix joyeuse de Tania.

C'est bête à dire, elle se sent presque trop belle, trop fille. Désirable.

Quelqu'un qu'on pourrait avoir envie d'embrasser.

Ça fait peur.

Elle croise le regard de David. Elle essaie d'apprivoiser cette nouvelle peur. Elle rejette ses cheveux par-dessus ses épaules, comme si c'était naturel pour elle, puis elle plonge la main dans le sachet de Curly et en porte un à ses lèvres.

Un Curly rond et doux entre ses lèvres salées par l'eau de la mer.

Ses lèvres salées qui pourraient être embrassées, là, par ce garçon qui l'aime bien. C'est déjà énorme d'accueillir ces images en elle. Elle n'a pour l'instant aucune envie de les vivre en vrai.

Alors elle garde ses distances avec David, qui n'essaie rien non plus.

Ils ont le temps.

Les personnages de ce roman sont tous fictifs, gymnastes, entraîneurs, parents. En revanche, ils m'ont été inspirés par de nombreuses gymnastes réelles – certaines célèbres, d'autres inconnues.

Les seules personnes réelles évoquées dans ce livre sont :
– **Émilie Le Pennec**, gymnaste française qui a remporté la médaille d'or aux barres asymétriques aux JO d'Athènes en 2004 ;
– **Oréane Lechenault**, **Marine Boyer** et **Loan His**, gymnastes françaises qui ont fait partie de l'équipe de France aux JO de Rio en 2016 ;
– **Nadia Comaneci**, gymnaste roumaine qui a obtenu sept fois 10/10 aux JO de Montréal en 1976 et qui reste une légende ;
– **Aly Raisman** et **Simone Biles**, gymnastes américaines, qui ont chacune remporté plusieurs médailles d'or olympiques. Simone Biles est la gymnaste la plus titrée de tous les temps (19 médailles d'or en championnat du monde... et ce n'est pas fini !).

Ce livre n'aurait pas été possible sans les témoignages précieux des gymnastes :

Simone Biles, *Courage to Soar*, Zondervan, 2016

Nadia Comaneci, *Lettres à une jeune gymnaste*, Talent Sport, 2018

Carole Micheli, *Du prestige à l'oubli*, Le Manuscrit, 2010

Dominique Moceanu, *Off Balance : a Memoir,* Simon & Schuster, 2012

Aly Raisman, *Fierce : How Competing for Myself Changed Everything,* Little, Brown and Company, 2017

Jennifer Sey, *Chalked up, my Life in Elite Gymnastics,* HarperCollins, 2009

Beth Tweddle, *Becoming an Olympic Gymnast*, HarperCollins Publishers, 2012

Et en vidéo :

Clara Beugnon, Grâce et Lorette Charpy, Mélanie de Jésus dos Santos, Youna Dufournet, Émilie Le Pennec, McKayla Maroney, Katelyn Ohashi, Mary Lou Retton, et bien d'autres encore...

L'autrice

Née en 1974 à Orléans, Marie Leymarie a d'abord fait des études de russe à la Sorbonne, puis elle est devenue documentaliste dans le 93 et a animé des ateliers d'écriture avec des enfants en difficulté scolaire. Depuis 2005, elle écrit et traduit des romans pour la jeunesse. Ses textes mettent en scène la vie quotidienne, la famille, les relations aux autres (et à soi).

Pour en savoir plus : www.marie-leymarie.fr

De la même autrice

Aux éditions Syros

Ma mère est une étoile, coll. « Tempo », 2005
Le Défi, coll. « Tempo+ », 2006
À l'arrière des taxis, coll. « Tempo », 2008
Mamie a disparu, coll. « Mini Syros Romans », 2015
Les Effets du hasard, hors-série, 2016
Mock Boys, hors-série, 2018
Never Ever, hors-série, 2019

Chez d'autres éditeurs

La Sorcière qui avait mal aux dents, éd. Magnard, 2005
Si tu m'apprivoises, éd. Gallimard jeunesse, 2008
La Petite Fille dans une boîte en verre, éd. Gallimard jeunesse, 2010
C'est le néléchat !, éd. Gallimard jeunesse, 2010
2 Mamans pour Mokiko, éd. Gallimard jeunesse, 2011
Mila et le chat mystérieux, Auzou, 2019
Ma semaine avec toi, papa/maman, Auzou, 2019

FSC
www.fsc.org
MIXTE
Papier issu de sources responsables
FSC® C022030

N° d'éditeur : 10268873
Achevé d'imprimer sur Roto-Page en juin 2021
par l'Imprimerie Floch à Mayenne
N° d'impression : 98589
Imprimé en France